산 사진과 함께 써본

삶의 지혜와 처세

산 사진과 함께 써본
삶의 지혜와 처세

ⓒ 박완식, 2024

초판 1쇄 발행 2024년 3월 22일

지은이   박완식
사진   박완식
펴낸이   이기봉
편집   좋은땅 편집팀
펴낸곳   도서출판 좋은땅
주소   서울특별시 마포구 양화로12길 26 지월드빌딩 (서교동 395-7)
전화   02)374-8616~7
팩스   02)374-8614
이메일   gworldbook@naver.com
홈페이지   www.g-world.co.kr

ISBN   979-11-388-2871-0 (03810)

삶의 지혜와 처세

산 사진과 함께 써본

포토에세이

글 · 사진 박완식

삶이란 것은 고통과 즐거움이 있기에 충만하고,
성공과 실패가 있어 합리적이라 할 수 있다.

좋은땅

사람들은 독서를 통해 마음의 양식을 쌓는다.

하지만 현대인들은 독서할 시간조차 부족해서 휴가 때 작정하고 책을 읽거나 아니면 조금씩 짬을 내어 일정 분량을 보는 경우도 있다.

그러나 이것도 인내력에 부딪치기도 한다.

이럴 때 삶에 슬기와 교양을 더하는 방법으로 좀 더 간단한 것이 있다면 다름 아닌 명언집이나 처세, 지혜에 관한 문구를 익히는 것이다.

이것만으로도 세상의 물정과 사물의 이치를 이해하는 데 적지 않은 도움이 된다.

다시 말해 몇 줄에 함축된 삶의 도리와 이치는 상황에 따라 한 권의 책을 대신할 수 있다.

짧은 시간에 읽을 수 있고 깨달음과 감동이 있으니 얼마나 효율적인가.

중국에서 생활하며 나라마다 삶의 방식과 처세가 조금씩 다르고 접하지 못한 지혜가 있다는 것을 보았다.

자연스럽게 관련된 책도 보고 인터넷도 찾아보니 생활에 귀감 되는 내용
이 있어 스스로 익힐 겸 정리했다.

정리된 내용은 북경 주변 산을 다니며 찍은 사진과 함께 포토에세이 북으
로 출간하니 각 분야에서 필요한 사람들이 보면 좋겠다.

컴퓨터나 모바일에도 좋은 영상물과 텍스트가 있지만 활자로 된 책은 그
에 맞게 활용되리라 기대한다.

2024년 새해에

목차

2부

언행 관련

5부
사랑과 애정 그리고 결혼

8부

사회생활

1부

자기관리에 대하여

1   충실

- 인생에서 중요한 것은 나의 몫을 스스로의 노력으로 이루어 내는 것이다.

- 고통은 비현실적인 근심과 불안에서 온다. 그런 헛된 걱정들은 생활에 충실하지 못하기 때문에 생긴다. 그러므로 자신의 목표를 만들고, 그것을 이정표로 삼아 내 몫을 이루어 내는 일에 충실해야 한다.

- 성공, 지혜, 행복은 노력하지 않는 사람에게는 한낱 꿈일 뿐이다.
  성공은 얻기 위하여 두려움을 이겨 내고 노력하는 사람에게 오고, 지혜도 열심히 생각하는 사람에게 온다. 행복 또한 이를 위하여 마음으로 경험하는 사람에게만 현실로 나타난다.

- 자신을 이겨 내는 승리가 가장 값진 승리이고, 자신 스스로를 잃어 가는 것이 가장 큰 실패이다.

가을 수채화

2   문제해결과 겸허

- 문제 해결에는 두 가지 방법이 있다.

  문제 자체를 바꾸는 것과, 상황을 받아들이기 위하여 자신의 태도를 바꾸는 것이다.

- 마음속의 생각이 어떻든, 말과 행동은 항상 겸허하고 신중해야 한다.

  자신을 과시하는 것은 오만과 무례로 분류된다.

가을 속(대흑봉)

3   강인함과 용감함

- 연약하면 자기가 가장 큰 적이고 용감하면 자기가 가장 든든한 조력자이다.

- 자신감과 강건함이 생존의 기본 요소이므로 얼굴에는 떠도는 자신감, 마음속에는 자라나는 선량함이 있어야 한다. 그리고 피에는 녹아드는 기개가 있어야 하고, 생명에는 강인함이 넘쳐야 한다. 연약해서 누구에게 말하고 자랑할 것인가!

- 자신감은 성공을 만들고 태도는 운명을 결정한다.
  그러니 모두가 당신을 짓밟고 꾸짖어도 자신만은 스스로를 가장 아름다운 봄 풍경이라고 생각해야 한다. 마음이 강하고 자기 생각이 확고하면 패배하지 않는다.

가을 속으로(삼황산)

4   기분 관리

- 기분이 좋을 때는 모든 것이 괜찮고 기분이 나쁠 때는 모든 것이 엉망이 된다.

- 기분이 인생 전부는 아니지만 일상의 모든 순간에 영향을 준다.
  불쾌한 기분을 느낀다면 당신의 인상에도 좋지 않고, 이성적인 생각도 방해하여 결국 스스로에게 진다.
  반대로 기분을 조절하면 생활이 평화로워 당신에 대한 느낌이 좋다. 이런 분위기는 최고의 자아를 형성한다. 그러니 조작하고 공격하는 사람이 있어도 나쁜 기분에 굴복하지 않아야 한다. 비방에는 침묵이 최상의 대처법이다.

- 부정적인 감정이 정신에너지의 대부분을 소모시키기 때문에 마음에 좋지 않은 감정이 있으면 자유롭지 못하게 된다. 그래서 이성에 의해 움직이는 사람을 자유인이라 부르기도 한다. 또한 나쁜 감정을 조절할 수 있는 사람은 어떤 위인보다 강하다.

가을 풍경(삼황산)

5   강직과 겸손

- 겸손하되 강인해야 한다. 오만해서는 안 되지만, 강직하지 않으면 안 된다.

- 세상을 살아가며 갖추어야 될 하나의 덕목이고 강약의 조화라고 할 수 있다. 사람 관계, 개인의 일상, 사람과 일 사이에 겸손함과 강인함을 적용한다면 바른 일 처리가 될 것이다. 강직함은 신념과 의지를 표현하고, 겸손은 대인관계의 기본이며 타인과 교류를 부드럽게 한다.

- 지혜롭게 행동하되 오만함이 없어야 한다. 겸손하되 남의 말을 듣거나 일상을 관찰할 때에는 지혜가 부족하지 않아야 한다.

- 난처한 상황에 직면했을 때에는 겸손을 유지하는 것이 좋다. 비록 그것이 옳은 결정을 내리는 데 도움이 되지 않더라도 적어도 실수는 막을 수 있다.

걷고 걷다

6   세상 보기

- 우리는 세상을 제대로 보지 않고 세상이 우리를 속인다고 한다.

- 우리가 피해를 보았다고 일컫는 대부분의 일은 세상의 본질을 이해하지 못하기 때문에 일어난다. 그러므로 자신의 단편적이고 피상적인 이해로 잘못된 세계관이 형성되면 안 된다. 그릇된 관점으로 일을 진행하다가 그르치면 반성하기보다 세상과 사람을 탓하게 된다.

- 많은 사람들이 실패 후에 세상과 일에 대해 자신의 인식이 부족했다는 것과 오독했다는 사실을 깨닫게 된다. 그러나 그것은 이미 속고, 실수하고, 실패한 뒤이다. 따라서 일을 실행하기 전에 처한 상황을 직시해야 한다. 마주치는 사람과 사물을 현실의 바탕 위에서 명확하게 이해하고 행동해야 후회와 미련이 없다.

겨울 맛(용경협)

7   마음가짐과 상태

- 사람의 가장 좋은 마음가짐은 평온함, 가장 좋은 상태는 단순함, 가장 좋은 느낌은 자유, 가장 좋은 기분은 어린 시절의 감정(동심)이다.

- 가장 좋은 마음가짐인 평온함을 유지하기 위해서는 가장 좋은 상태인 단순함을 지녀야 한다. 단순함은 넓은 마음과 강한 정신의 근간이라 몰입하게 한다. 마음이 좁으면 생각이 복잡해져 사소한 일도 크게 보이고 근심도 많아진다. 하지만 마음이 넓으면 큰일도 작게 보이고 지혜까지 생긴다.

- 가장 좋은 기분을 유지하려면 어린 시절을 떠올리면 된다. 그때는 욕심과 번뇌가 없고 솔직하고 순진해서 복잡하지 않다. 이와 같이 백설과 같은 마음이 있으면 어떤 상황에서도 즐거운 기분을 유지할 수 있다. 다행히 몸은 늙어도 동심은 절대 늙지 않는다.

겨울바라기

8   일 처리와 사람 됨

- 사람 됨됨이는 봄바람같이, 일 처리는 가을바람같이 하자.

- 봄바람이 불면 따사로운 햇살에 눈이 녹고 만물에 싹이 튼다. 풀과 나무
  는 일제히 꽃을 피우고 새들은 짝을 찾으며 봄날을 지저귄다. 깃털 같은
  봄바람에 얼음이 녹고, 웅덩이 주변은 초록으로 물든다. 봄 풍경에 반한
  사람들은 꽃놀이를 떠나고, 여린 동풍은 연못을 주름 짓다 그만둔다.

- 한마디로 봄바람이 부는 곳은 어디나 편안하고 상쾌하다. 그리고 새로
  움과 희망이 있다. 이런 봄바람과 꽃송이 같은 생활을 한다면 주변에 좋
  은 사람이 모일 것이다.

- 가을바람은 거세면서도 차분한 기색으로, 단호하게 나뭇잎을 쓸어버린
  다. 실타래처럼 꼬인 일도 가을바람처럼 신속하고 깔끔하게 한다면 쉽
  게 처리할 수 있다. 오락가락하면 문제는 더 많이 발생하고 무한한 루프
  에 빠져 시간만 낭비한다.

겨울 함성(무텐위장성)

- 다시 말해 혼란한 것은 쾌도난마식으로 빠르게 처리해야 한다. 사마천은 "결단을 내리면 더 이상 고통을 겪지 않을 것"이라고 세상에 조언했다.

- 결국 '타이밍'이라는 우연한 순간을 잡기 위해서는 용기와 결단이 필요하다. 곤란한 순간에 결정을 내릴 수 있어야 남보다 한발 앞설 수 있다. 그런 사람은 대승적이면서 전체적인 시야가 있어 상황을 정확히 파악하며 실행력 또한 강하다.

9 타인 의식

- 타인의 평가와 생각에 너무 신경 쓰지 말자. 이는 진정한 자신을 잃게 하기 때문이다. 또, 견해가 다른 사람과는 힘들게 함께할 필요가 없다.

- 사람은 상호적이라 자신이 좋아하는 사람은 당신을 좋아하고, 본인이 미워하는 사람은 당신을 미워한다. 그러니 다른 사람이 당신을 어떻게 평가하는지 궁금해하지 말고, 당신이 그를 어떻게 바라보는지 생각해 보아야 한다. 당신이 충분히 좋은 사람이면 자연스럽게 좋은 사람을 만날 것이다.

겨울 장성(당도구)

10   능력

- 남에게 사용되는 것을 두려워하지 말고, 쓸모없는 존재가 되는 것을 두려워하라.

- 고용될 수 있다는 것은 개인의 능력을 나타내는 것이기도 하다. 사람이 쓰이지 않고서는 아무에게도 의지할 수 없다. 즉 사용될 때만이 자신과 그곳에 의지할 수 있게 된다.

- 부모에게 의지하면 공주가 되고 남편에게 의지하면 왕후가 된다. 하지만 스스로에게 의지하면 여왕이 된다. 오로지 자신만이 자신을 위해 목숨 바쳐 일할 수 있다.

겨울 협곡(호허)

11   삶의 고립

- 삶이라는 드라마에서 고립무원은 언제나 있으니 어려워도 웃으며 지내
  야 한다. 웃으면 온 세상이 당신과 함께 웃지만 울면 혼자 울게 된다. 다
  잃어도 웃음은 잃지 말아야 한다. 이런 단단한 삶을 살고 싶다면 스스로
  가 자신의 후원자가 되기 위해 긍정의 마인드를 잃지 않도록 노력해야
  한다.

겹겹이(만리장성)

12   자신감 키우기

- 자신감은 성공할 사람이 갖춰야 될 덕목이므로 성공하려면 먼저 자신감을 키워야 한다.

- 자신감이 있는 한 절대 지지 않는다. 이러한 자신감을 키우기 위해서는 첫째, 어둡고 축축한 구석에 있는 열등감과 콤플렉스를 제거해야 한다. 둘째, 원대한 비전과 목표가 있어야 한다. 이는 성공과 밀접한 관련이 있다. 목표가 없는 사람은 목표가 있는 사람을 위해 일하기 때문이다. 이상적인 길과 새로운 기회는 항상 자신감과 목표가 있는 사람을 위해 준비되어 있다.

- 마음이 약하고 생각이 많으면 용기와 자신감이 낮아질 수 있으니, 언제나 자신의 강점에 비중을 두고 담대하게 생활해야 한다. 열등한 부분은 누구나 있다. 용기와 배짱만 탄탄해도 적은 노력으로도 성공할 수 있으니 용기를 내어 실천해야 한다. 망설이면 내가 생각했던 것을 다른 사람이 먼저 행동으로 옮긴다.

경치를 담으며(동링산)

13 건강관리

- 지혜로운 사람은 건강을 경영하고, 똑똑한 사람은 건강을 저축한다. 보통 사람은 건강에 비중을 두지 않고, 어리석은 사람은 홀대한다.

- 생존의 필수 조건은 건강이다. 하지만 젊을 때는 목표와 가족을 위해 혼신을 다한다.
그러다 중년에 적신호가 오면 건강을 위해 신경 쓰지만 먹고 살기 바쁘다 보면 이 또한 소홀해지기 쉽다. 하지만 건강의 소중함을 아는 사람은 저축하듯이 몸을 단련하고 경영하듯 관리한다.

- 이런저런 이유로 쉽지 않다고 하지만 젊은 날부터 적당한 운동과 절제된 식습관으로 생활한다면 본인은 물론이고 주변 사람에게도 부담을 주지 않을 수 있다. 모든 것의 최우선은 건강함과 안전한 생활이라는 것을 명심해야 한다.

고개 돌아(동링)

14   자신에게 도취

- 당신 자체로 이미 좋은 풍경이니, 다른 사람들의 경치를 쳐다볼 필요가
  없다.

- 누구나 다른 사람이 가지지 못한 장점이 있다. 이것을 이용하면 자신감
  이 더해지고 긍정, 대범, 도덕과 정의 등이 살아나 많은 문제들을 해결할
  수 있다.

고산 풍경

15 장엄하고 건강한 삶

- 아름답지 않아도 건강해야 하고, 위대하지 않아도 장엄해야 한다. 완벽하지 않아도 노력해야 하고, 항상 같은 마음일 수는 없어도 진실해야 한다.

- 무엇보다 중요한 것은 건강을 위한 습관이다.
젊을 때는 음식을 대할 때 건강보다 맛에 비중을 둔다. 무슨 재료로 어떻게 만들었는지는 중요하게 생각하지 않는다. 그러다 중년쯤 되면 부랴부랴 건강식품을 찾고, 세월이 지나 노년이 되면 건강보조식품만으로는 되지 않아 약을 먹을 수밖에 없다.

- 외적인 아름다움도 중요하지만 그보다 건강한 몸을 위해 생활해야 한다. 외적인 미를 위한 무리한 다이어트와 성형 등은 오히려 자연스런 미를 해칠 수 있다. 또 지나친 음주와 흡연, 과식은 몸을 병들게 한다. 젊은 날의 아름다움을 오랫동안 유지하기 위해서는 생활의 모든 방면에서 절제해야 한다.

- 각자의 삶이 위대하지 못해도 장엄할 수 있도록 일상을 게을리하지 말아야 한다. 완벽하지 못해도 조금씩 노력하면 좋은 방향으로 발전한다.

관재산

16   행복 느끼기

- 마음을 열고 보면 계절은 언제나 축제를 열 준비가 되어 있다. 봄에는 따뜻한 바람과 함께 아름다운 꽃이 피고, 여름에는 푸른 정열이 넘치고, 가을이 되면 예쁜 단풍과 함께 오곡이 풍성하다. 이어서 하얀 서릿발 내리는 순백의 설경이 차가운 감성을 자극한다. 그러니 우리는 이런 절경을 즐기는 법만 배우면 된다. 그것이 행복해지는 방법이고, 인생을 잘 사는 법이기도 하다.

- 너무 멋지기만 한 삶을 위해 분투하다 지친 그대여! 때로는 먹고, 자고, 놀고, 사랑하며 인생의 달콤한 부분을 만지작거리며 힐링하자.

- 우연히 지인을 만나면 "언제 밥 한번 먹자!"라고 말만 하기보다 바로 길 모퉁이에 서서 커피 한잔이라도 나누자! 서로 만나 한잔하지 않고 가면, 마을 어귀 복숭아꽃도 비웃는다 하지 않는가!

46

가을산

- 누구나 각자의 삶에 즐거움과 행복이 있다. 이를테면 선한 것이 세속적
인 의미에서 더 많은 것을 얻을 수 없을지라도 좋은 식욕, 편안한 수면,
꽃과 같은 웃음을 줄 수 있다. 게다가 우리 곁에는 천척의 도화담보다
로맨틱하고 깊은 사랑이 있지 않은가. 그렇게 삼월의 봄볕 같은 사랑을
주고, 사월의 복숭아꽃 같은 애정을 받으며 가장 참되고 사치스런 정을
나누자. 또 그렇게 누릴 수 있는 운명에 감사하자.

2부

언행 관련

1 　입의 바른 사용

- 질병은 입으로 들어가고 재앙은 입에서 나오니 건강한 음식으로 몸을 유지하고 좋은 말로 화를 피해야 한다.

- 생활 중 말 때문에 생기는 갈등이 적지 않으니, 기분이 좋을 때는 물론이고 나쁠 때 더욱 조심해야 한다. 그렇지 않으면 재앙의 원인이 된다.

- 말에 대한 교양을 수양하는 것은 좋은 기운을 기르는 것이다. 입으로 장미를 뱉을 수도 있고 가시를 뱉을 수도 있기 때문이다.

- 말버릇이 좋으면 행운으로 이어질 수 있어 더 많은 성취를 낳는다.
  악한 말을 하지 않고 거친 말을 남기지 않아야 한다. 나쁜 말은 사두마차도 따라잡지 못해, 타인과 자신을 다치게 하고 운세까지 나쁘게 한다.

그린캐년(용문간)

2   말에 대한 이해

- 첫째 말을 적게 하고 가볍게 하지 말자.

  말은 끝까지 다하는 것이 아니다. 항상 3할의 여지를 두어야 덕이 생긴
  다. 또 쉽게 약속하고, 허락하고, 요청하지 말자. 이는 비난과 치욕을 부
  르고 당신에 대한 신뢰를 잃게 한다.

- 둘째 말의 무게를 간과하여 함부로 말하지 마라.

  광기 어린 발언은 사람의 이목을 끈다. 날뛰느냐 겸손하느냐는 당신의
  화복과 직결된다. 또, 말을 할 때는 다른 사람의 자존심을 최우선으로 고
  려해야 한다. 즉 냉담한 말은 따뜻하게, 직설적인 말은 순화해야 한다.

- 셋째 자랑하거나 교만하지 말아야 한다.

  사람들은 스스로 겸손하면 더욱 탄복하고, 스스로 칭찬하면 의심을 한
  다. 자만하고 자화자찬하는 것은 함양 부족의 반증이다.

겨울바다(동해)

- 넷째 감정에 휩쓸려 말하지 말자.

  화가 났을 때 말하지 말라. 화나면 생각 없이 말하기 때문에 자신과 상대
  방에게 큰 상처를 준다. 마음을 안정시키기 위해 차라리 산책을 하라.

- 다섯째, 다른 사람에 대한 이야기는 삼가자.

  다른 사람과 관련된 일이나 조직의 비밀은 함부로 발설하지 않는다. 이
  것은 당신의 윤리와 인격에 대한 평가가 달린 문제로 예상치 못한 큰 화
  를 불러일으킨다. 또, 다른 사람을 비방하는 습관을 들여서는 안 된다.
  그 어떤 음식보다 혓바닥에 감기는 것이 바로 가십거리이다. 습관적으
  로 타인의 이야기를 하는 사람은 일상이 부정적이고 불행해진다.

3   사람 됨과 일 처리

- 사람이라면 언제나 바른 행실로 생활하며 정정당당해야 하고, 일은 명백하게 처리해야 한다.

- 보통 사람을 평가할 때는 겉으로 드러나는 행동을 본다. 보이는 것은 보이지 않은 것의 실체이기 때문이다. 이처럼 언행이 중요하므로 사회에서 인사만 잘해도 타인으로부터 좋은 평가를 받을 수 있다. 먼저 인사한다는 것은 본인을 낮추고 상대방을 올리는 겸손의 표현이기 때문이다.

- 사람이 많이 모인 곳이라도 아는 사람이 보이면 한달음에 달려가 인사해야 한다. 비록 상대방이 나를 보지 못했더라도 먼저 찾아가 공손하게 인사해야 한다.

백하 얼음 트래킹

- 자신에게 피해를 주지 않았는데도 습관적으로 타인의 단점을 이야기하
  는 사람이 있다. 그렇지만 크게 보면 자신도 가지고 있는 하나의 개성일
  수 있다.

- 일은 자세하게 처리해야 뒤탈이 없다. 대충 하면 문제만 키워 안 하기만
  도 못하다. 즉 디테일이 성공과 실패를 결정한다는 것이다.

4   허세와 체면

- 사는 것이 힘든 까닭은 허세와 체면을 내려놓지 못하고 마음속 응어리
  를 풀지 못하기 때문이다.
  하지만 치장을 하고 좋은 차를 타는 이유는 사회적인 요인도 있다.
  그러나 적당한 선에서 자기만의 멋을 찾아야 한다.

- 살다 보면 조직과 사람에게 상처받아 힘들 때가 있다. 이런 응어리를 풀
  기 위해서는 내려놓아야 한다. 물론 쉬운 일이 아니다. 그러나 일상과
  개인의 바른 가치관을 위해 가급적 껍데기는 버리고 알맹이에 집중해야
  한다.

금련화(소오대산)

5   유머의 수호

- 유머는 멋진 드레스이고, 충성스러운 수호자다.

- 유머는 항상 시인과 작가의 지혜를 능가하며, 그 자체가 재능이며 무지를 단절시킬 수 있다. 즉 유머는 지혜에서 나오고 나쁜 말은 무능에서 나온다는 것이다.
유머가 있는 사람은 생각이 세밀해서 지혜로운 언행으로 주변을 즐겁게 한다.

낭떠러지(후성적벽)

6   지혜로운 논쟁

- 바보와 논쟁하지 말라! 다른 사람이 보면 둘 중 누가 바보인지 모른다.

- 예전에 두 사람이 있었다. 4×8의 답을 한 사람은 32이라 하고 다른 한
  사람은 38이라고 한다. 긴 시간 동안 말다툼을 해도 결과가 나오지 않아
  고을 원님에게 판결을 부탁했다.
  원님은 32가 답이라고 하는 사람을 끌어내어 곤장을 치니 이 사람이 왜
  정답을 말한 자신이 곤장을 맞아야 하냐며 따져 물었다.
  원님은 어리석은 사람과 다툰 너를 때리지 누구를 때리냐고 반문했다.

- 우리는 이처럼 구타당한 사람의 역할을 하고 나쁜 사람들과 경쟁하고
  나쁜 일에 얽매이기 쉽다.
  사람이 성숙하고 안정된다는 것은 관계없는 일에 따지거나 참견하지 않
  고 나쁜 일에 얽매이지 않는 것을 말한다. 쉽게 들리지만 이행하기 어려
  우니 깊이 새겨야 한다.

나물 다듬기

- 나쁜 사람이나 인간 같지 않은 사람과 싸우면 두 가지 결과가 있다. 하
나는 이겼지만 시간과 에너지를 낭비하고 지금까지 쌓아 온 이미지마저
버리는 것이다. 다른 하나는 싸움에서도 지고 아무 이득도 없이 소란만
피우게 되는 것이다. 사실 어떤 결과든 좋은 것이 없다.

7   현명한 대인관계

- 나쁜 사람과 이야기하는 것보다 현명한 사람과 싸우는 것이 낫다.

- 이 세상에는 현명한 사람도 많지만 나쁜 사람도 있다. 그들은 데드라인
  도, 규칙도, 이유도 없기 때문에 이들과 일의 선후관계를 이치로 따질 수
  없다.

- 나쁜 사람에게 절을 하라는 것이 아니라, 감정을 조절하고 이성적으로
  처리하며 손실을 확대하지 말라는 것이다. 성숙한 사람은 순간적인 성
  공이나 실패가 아니라 결과를 본다.

- 사실 인생의 성공과 실패, 행복과 불행은 만나는 사람과 사물을 어떤 태
  도로 대하느냐에 달려 있다.

눈길 걷기

8 부정적 감정 벗기

- 부정적인 감정에 휘둘리지 않는 것은 나약함도 비겁함도 아니다. 자신의 삶을 잘 사는 것이 가장 중요하다는 것을 아는 것이다. 잠시 급한 성격에 나쁜 사람과 다투면 정신적으로 힘들고 시간 또한 허비한다. 더 나아가 자신에게 재앙이 올 수 있다.

아름답고 행복한 삶을 사는 것이 상처를 준 사람에 대한 최고의 복수다.

눈발(용경협)

9   사과, 용서, 마음 풀기

- 제일 먼저 사과하는 사람이 가장 용감하며, 제일 먼저 용서하는 사람이 가장 강인하며, 제일 먼저 마음을 푸는 사람이 가장 행복하다.

- 넓은 마음으로 태어나지 않았는데 대인배로 살기 쉽지 않다. 그러나 이런 큰마음이 필요한 사람은 좁은 마음으로 태어난 사람이다. 그러므로 어떻게든 큰마음으로 사는 방법을 찾아야 한다.
  이는 물론 본인의 평온한 생활을 위함이다. 바늘구멍 같은 좁은 생각은 타인과 교류가 어렵다. 작정하고 실천해 간다면 진전이 있다. 한마디로 방향이 맞으면 조금씩 나아가도 행복에 가까워질 것이다.

눈보라 산행

10   예민함

- 때로는 너무 예민하게 굴면 안 된다. 많이 생각하다 오히려 자신이 상처
  받는다.
  성격이나 교양의 정도에 따라 본인 기준으로 무심코 하는 이야기도 있
  다. 이러한 것을 듣는 사람이 의미를 두고 이것저것 궁리하면 본인만 힘
  들다.

- 말이란 것이 일반적으로 듣는 사람만 기억하고 하는 사람은 쉽게 잊어
  버린다. 듣는 사람도 특별한 내용이 아니면 넓은 마음으로 풀어야 한다.

- 대인배는 소인배의 허물을 따지지 않을뿐더러 그 마음에는 배도 다닐
  수 있다.

늦여름(대흑봉)

11 바른 삶

- 한 번 바르게 행동하면 세 번의 사악함을 피할 수 있고, 바른 사람이 되면 백 가지 악을 피할 수 있다. 나쁜 유혹에 빠져 진실하고 정의롭게 살지 않으면 돌이킬 수 없는 길로 간다.

- 그러니까 항상 반듯한 마음으로 악의 구렁텅이에 빠지지 않도록 하자. 그것만으로도 삶의 무게가 훨씬 가벼워진다.

- 바르지 않은 일을 다른 사람이 모르게 하는 방법은 그 일을 하지 않는 것이다.

다이아몬드(삼황산)

12   말의 중요성

- 향을 피울 줄 모르면 신의 노여움을 사고, 말을 할 줄 모르면 남의 미움을 산다.

- 사업 전체가 10이면 7은 협상이다. 의견이 맞지 않으면 교역이 어렵다는 것이다. 밥을 먹는 것은 쌀을 먹어야 하고, 말을 하는 것은 이치에 맞아야 한다. 예컨데 쌀밥에는 쌀이 있어야 하고 말에는 이치가 있어야 한다.

- 논리적으로 이야기하는 것은 너무도 당연하다. 하지만 논리만 가지고 또박또박 이야기한다면 따지는 어감이라 설득하는 데 한계가 있다. 다시 말해 논리적으로는 전혀 빈틈이 없겠지만 오히려 상대방 기분을 상하게 할 수 있다.
이치에 맞게 말하며 상대의 감정도 살피자. 말 한마디로 천 냥 빚을 갚을 수 있으니 때와 장소에 맞는 언어를 구사하여 좋은 관계도 맺고 성과도 내자.

단풍철

- 사람 간의 교류 수단은 말과 글이다. 사회생활을 하며 무엇보다 중요한
  것은 바른 대화로 본인의 의견을 전달하는 것이다. 직장에서도 같은 내
  용의 문서로 어떤 사람은 결재를 받고 어떤 사람은 반려당한다. 결국 말
  을 어떻게 하느냐에 달려 있다.

13 다른 관점의 존중

- 타인의 세 가지 관점을 존중하는 것이 최고의 감성이다.

- 사람은 세 가지 관점, 즉 가치관, 인생관, 세계관이 모두 다르다. 하지만 시간이나 환경이 변해도 불변하는 것들도 있다. 이를테면 살인이나 도둑질이 나쁘다는 것은 변하지 않는다. 다른 것들은 시간이 흐르고 과학이 발달함에 따라 변할 수 있다.
이처럼 무언가를 결정하는 기준이 되는 가치관은 과학적인 지식에 영향을 받는 세계관에 따라 변하고, 인생관 또한 이 세계관을 토대로 형성된다.

- 인간관계인 친구, 애인, 부부 사이에서 세 가지 관점이 모두 일치해야 하는 것은 아니다. 단지 나와 다른 상대방의 가치관, 인생관, 세계관을 존중하면 된다. 예를 들면 고기를 좋아하는 사람과 채식주의자가 서로 인정하면 된다는 것이다.

- 소중한 사람이란 취미가 같은 사람이 아니라 서로의 취미를 존중할 줄 아는 사람이다. 사람을 편하게 해 주는 사람은 세 가지 관점을 인정할 줄 아는 사람이다.

단체 인증(무텐위 가는 길)

14   균형 있는 사고

- 꿈을 좇으며 살아가는 사람은 망상에 빠지는 것을 조심해야 하고, 묘책에 능한 사람은 공상만으로 목표에 도달하지 못한다는 것을 기억해야 한다. 실천 정신이 뛰어난 사람은 노력하는 것보다 방향 선택이 중요함을 명심하자.

- 사람은 10인 10색이라 각자 자기만의 성향이 있다.
  예를 들면 출세욕이 하늘을 찌르는 사람이 있는가 하면 그런 자리를 줘도 안 하는 사람이 있다. 금쪽같은 시간을 써 가며 봉사하기를 좋아하는 사람이 있는가 하면 이기주의자도 있다.

- 재물에 대한 욕심이 많은 이가 있는가 하면 이상하리만큼 관심이 없는 사람도 있다. 이렇게 추구하는 것이 같지 않은 이유는 타고난 성향과 재능이 다르기 때문이다.
  하지만 본인과 맞는다고 한쪽으로 치우치면 자신과 가족이 어려워질 수 있으니 균형 있는 생활을 해야 한다.

담소(관재산)

15　지나침에 대한 경계

- 너무 용감하고 바르면 무모하고 진부해진다. 그리고 지나치게 민첩하고 관대하면 교활하고 가난해진다.

  집착과 욕심이 많으면 도량이 좁아지고 부패해지며, 선한 마음도 과하면 나약해진다.

  나아가 너무 독단적이면 포악해지고 일처리가 선을 넘으면 막다른 골목에 이른다.

- 세상사 지나치면 문제가 된다는 것을 과유불급과 중용이라는 말이 경계한다.

  하지만 사람은 넘치는 것에 대한 인식이 약하다. 그러므로 인간관계도 끝장을 보려 하지 말고, 절제된 감정으로 언행을 삼가야 한다. 권력도 있는 대로 다 사용하면 반드시 후환이 오니, 더 큰 일을 방지하기 위해 매사에 적당히 해야 한다.

대양산 모퉁이

16 소통의 도구 진심

- 사람들은 '진심'이란 두 단어로 소통한다.

- 언제부터 사람과 사람 사이가 순수하지 않게 됐는지 모른다. 어떤 관계
  는 겉으로는 친밀하지만 이면에는 계산적이다.
  마케팅 또한 진정성보다는 포장과 과장으로 소비자를 현혹하는 경우가
  있다. 이렇게 권모술수, 위선, 잔꾀 등의 기만적인 요소로 사람을 대하
  면 좋은 관계라도 균열이 생기고 소원해진다.
  사람들과 잘 지내는 것은 노림수나 전략이 아닌 진정성에 달려 있다.

- 친구를 사귀다 보면 본의 아니게 상처받을 때도 있지만, 진심을 다해 도
  움을 주는 경우도 있다.
  즉 도움이란 것은 진심이 대부분이란 것이다. 무심결에 주는 상처는 잊
  어버리고 진심으로 도움을 받았던 일을 기억하면, 진실한 친구가 많다
  는 것을 알게 된다.

도교사원(평곡)

- 사람의 마음을 통하게 하는 말은 '진심'이라는 단어다. 언제 어디서든 진
  실하고 정직하면 상대도 진정한 마음을 준다.
  만약 속임수와 아첨을 쓴다면 상대도 처음의 열정을 접고 더 이상 신뢰
  하지 않을 것이다.
  자고로 사이좋게 지내는 중요한 방법은 '진정성'이다.

3부

삶을 대하는

태도와 목표

1   매 순간의 열정

- 모든 꿈이 꽃을 피우고 열매를 맺는 것도 아니고, 모든 사람이 목표를 이루는 것도 아니다. 하지만 화려하고 다채로운 꿈을 좇기 때문에 누구나 더 신명 나고, 아름답고, 흥미진진한 삶을 살 수 있다.

- 꿈을 실현하는 것은 즉각적인 결과가 아니라 힘들고 끈질긴 과정을 거치는 것이다. 탁월한 성취는 인내와 시련 그리고 경쟁의 결정체이다. 그러므로 우리는 눈썹 밑의 눈물보다 눈썹 위에 흐르는 땀을 선택해야 한다.

두 그루(후성적벽)

2   삶의 믿음

- 강자가 일깨워 주는 것은 삶의 가치를 확인하는 것이지만, 약자가 일깨
  워 주는 것은 삶의 의심이다.

- 삶이 순탄하지 않고 따뜻하지 않더라도 자신에 대한 확신과 가치를 가
  지고, 스스로 소중히 여길 줄 알아야 한다. 그러면 불완전한 환경에서도
  처음의 의연함으로 아름다운 인생을 가꿀 수 있다. 이를테면 추위 속에
  서 그리운 마음을 녹이는 시와 같은 시간이 주어지고, 계절마다 다른 꽃
  향기와 새들의 지저귐을 들을 수 있다.

- 이러한 것은 누구도 아닌 자신의 손으로 만들어야 한다. 그러므로 독립
  하는 것을 배우고, 의존하는 마음과 이별하고, 나약한 자신과 작별해야
  한다.

린용산을 배경으로(당도구장성)

3   인생은 교환 과정

- 잃어버린 젊음은 지혜로, 잃어버린 시간은 지식으로 대체된다. 없어진
  열정은 이성으로, 사라진 속도는 깊이로 교환된다. 이것이 인생의 궤적
  이다.

- 영원히 살 수 있다면 이 또한 두려움이 아니겠는가. 그러니 나이 드는 것
  을 슬퍼하지 말고 황혼을 얕보지 마라. 황혼도 맑은 새벽과 같이 무언가
  를 성취하는 시간이다.

마법의 성

4   욕망과 인내

- 욕망은 의욕을 북돋우는 데 쓰이고, 인내는 산을 평탄하게 하는 데 쓰인
  다.

- 삶이란 기복 없이 평이한 것이 편안하다. 하지만 따분할 수 있다. 고생
  과 실수, 그리고 고통이 있더라도 진취적으로 나아가야 한다. 젊을수록
  더욱 그렇다.
  그런 의욕이 생기려면 욕망이 있어야 한다. 욕망이 없는 인생은 방향이
  없다. 꿈과 욕망은 인생의 등불이고, 더 나은 미래에 대한 비전이고, 성
  공 후의 만족이다. 삶은 꿈과 욕망을 위해 싸우는 것이다.

만리의 끝을 찾아

5 꿈과 경쟁자

- 꿈을 봉인하지 말고 빛나게 하여 당신이 원하는 방향으로 나아가야 한다. 무릎을 꿇어야 될 일도 있을 것이다. 하지만 당신이 선택한 길을 완주할 수 있다는 신념과 의지로 전진해야 한다. 만약 삶의 경쟁력이 떨어지면 경쟁자를 만들면 된다.

  비록 달리기 경주처럼 함께하지 않아도 상대를 마음에 두고 있다면 경쟁의 효과가 있다.

만리장성 오르기

6 환경과 사람

- 우수한 사람과 함께 있는 것은 매우 중요하다.

- 삶은 자신의 비전과 지식에 따라 결정되고, 접촉하는 사람과 환경에 따라 패턴과 목표가 정해진다. 긴장감 있는 환경에서 모두가 더 나은 미래를 위해 열심히 노력하고 있을 때, 당신도 무의식중에 영향을 받는다. 사람은 암시를 받아들일 수 있는 유일한 동물이기 때문이다.

- 부정적이고 비관적인 사람들은 장애물을 만났을 때 피하거나 외부 환경에 대해 불평한다. 그런 사람과 함께라면 이상과 열정이 있어도 부정적인 에너지에 휩싸일 것이다.
  긍정적이고 명랑한 사람들은 문제에 직면했을 때 해결책을 찾으려 한다. 이런 사람과 함께라면 당신도 긍정적인 에너지로 가득 차게 될 것이다.

만추

7   자아 찾기

- 혹자는 말했다. '자아'라는 것은 보이지 않는다. 하지만 나보다 우수한
사람들과 함께할 때 자신을 인식하기 쉽다. 즉 강한 것, 무서운 것, 높은
것과 부딪히고 돌아왔을 때야 비로소 자신이 누구인지 알게 된다.

말(동링산)

8   일깨움

- 나보다 우수한 사람은 당신의 고집과 보수를 깨고 새로운 세계로 이끄는 한 줄기 빛이 될 수 있다. 탁월한 사람과 오래 있으면 어둠으로 돌아가고 싶지 않아진다. 사람이 얼마나 멀리 갈 수 있는지는 누구와 동행하느냐에 달려 있고, 얼마나 우수한지는 누구의 지시와 지적을 받느냐에 달려 있다. 또 성공의 정도는 누구와 함께 있느냐에 있다.

- 자신보다 나은 사람들과 어울리는 것을 두려워하지 말자. 열심히 일하는 사람들과 함께 있으면 게으르거나 타락하지 않는다. 업계 최고의 플레이어와 함께할 때 성공의 규칙을 배우기가 더 쉽다.
그러므로 편협한 자신을 닫힌 원 안에서 끄집어내어 생각, 지식, 성격이 흐르게 하라.

말 타고 오르기(북링산)

9   꿈 바라기

- 한 사람의 진정한 행복은 결코 광명 속에 있는 것이 아니라, 먼 곳에서 광명을 바라보며 달려가는 것에 있다.

- 안주하거나 망설이지 말아야 한다. 시작할 용기가 있으면 성공의 긍지가 생긴다. 인생에서 가장 큰 실수는 틀릴까 봐 끊임없이 걱정하는 것이다. 그리고 언제 시작하는지는 중요하지 않다. 시작한 후에 멈추지 않는 것과 언제 끝나든 끝난 후에 후회하지 않는 것이 더 중요하다.

맑은 날의 장성(지엔코)

10 방향성

- 많은 사람들이 성공하기 위해 무언가를 해야 한다는 것과, 근면 성실해야 한다는 것은 정확히 알고 있다. 하지만 시작과 진행을 올바르게 해야 한다는 것은 망각한다.

새삼 기억해야 한다. 성공의 비결은 노력과 고군분투보다 올바른 방향과 올바른 행동이라는 것을!

망루의 추색

11   어려움 극복

- 인생이 짧다고 느껴지지만 하루하루를 극복하며 때를 기다리는 경우에
  는 꼭 그렇지도 않다.

  이러한 시기는 좌절과 슬럼프가 있고 남들의 이해를 받지 못하는 시기
  이다. 게다가 자존심을 삼키며 굽신거리기까지 해야 한다. 하지만 이때
  가 인생의 가장 중요한 시기이니 뜻이 있다면 자신감을 가지고 기다려
  야 한다.

- 좌절과 실수는 인생에 대한 깊이와 이해가 커지는 시기이고, 불행은 세
  간에 대한 인식을 한 단계 높이는 기회이니 견뎌야 한다. 인생은 당신을
  포기하지 않고 운명은 당신을 버리지 않을 것이다.

  고난과 외로움을 참지 못하면 번영을 볼 수 없다. 가장 어려운 시기는 성
  공이 가깝다는 것을 뜻한다.

망설임

12 행동, 호기심, 희망

- 행동: 우리는 딱 한 번 산다. 그러므로 하고 싶은 것을 하는 것이 가장 의미 있는 삶이다. 아이디어가 있으면 말로만 하지 말고 행동으로 옮겨야 한다. 개미 다리가 될지언정 참새의 입을 배우지 않아야 한다.

- 근면과 행동은 생명의 암호이며 우리의 웅장한 서사시를 번역해 낸다. 다시 말해 실행이란 단어가 없으면 인생 자체가 허망하다. 실패는 대부분 하고 싶은 일을 할 수 있는 자신의 능력을 의심하는 것에서 시작된다.

- 호기심: 호킹 박사는 삶이 아무리 힘들어도 호기심을 잃지 말라고 했다. 호기심은 우리로 하여금 행복을 자각하게 하고, 무한한 가능성을 열어 준다.
  호기심을 유지하면 젊은 마음과 탐구의 씨앗이 생기고, 지칠 줄 모르는 동기가 생긴다. 또한 일을 시작하고 성공케 하는 제1덕목이다.

묘봉산의 겨울

- 희망: 희망 없이 하루하루를 산다면 그 삶은 실제로 멈춘 것과 같다.
  희망이라는 것은 맹렬하지만 무해한 각성제와 같다. 그래서 지혜라는
  대가를 치르지 않고도, 즉시 마음을 감동시키고 또 진정시킬 수 있다.
  의미 있는 삶은 무언가를 추구하며 희망을 갖는 것이다.

13 삶의 자세

- 인생을 고민할 때 우리는 불평보다 가진 것을 소중하게 생각해야 한다. 얻을 수 없는 것에 너무 매달리지 말고, 자신에게 주어진 시간을 진지하게 받아들이고, 주변의 모든 사람에게 친절해야 한다. 괴로울 때는 담담히 견디고, 행복할 때는 마음껏 누려야 한다.

- 삶이란 것은 고통과 즐거움이 있기에 충만하고, 성공과 실패가 있어 합리적이라 할 수 있다. 또한 득과 실이 있어 공평하고, 탄생과 죽음이 있으므로 자연스럽다 할 수 있다.

몸 풀기

14 살 만한 인생

- 사람들은 건강하고 안전하게 살 수 있다는 것 자체가 축복이라는 것을
  모르고, 삶에 실망을 느끼며 자신이 가진 것은 아무것도 없다고 한다.
  인생은 우리가 바라는 만큼 좋지도 않지만 우리가 상상했던 만큼 나쁘
  지도 않다.

- 누구나 자신만의 고통과 어려움을 경험하고, 기쁨과 행복을 거두게 될
  것이다. 이미 그것을 손에 쥐고 있다면 그 자체로 아름다운 삶이다.
  또한 득과 실이 있는 것이 인생인데 그중에서 무엇이라도 얻을 수 있으
  면 그것이 복이다. 우리는 가진 것과 가지지 않은 것 모든 것에 감사하
  며 살아야 한다.

무령산의 폭포

15 내려놓기

- 젊은 날 중국에서 법인을 관리할 때 힘들어하니, 한 중국인이 아래 사람에게 결재권을 더 많이 내려놓으라고 한다. 어느 시점에 가서야 그 뜻을 알았다.

  많은 권한을 쥐고 조직을 관리하는 사람은 결재권을 이양해야 한다. 그 권한을 받은 사람은 책임감도 커지고 업무 능력도 향상된다. 사람이 의심되면 쓰지 말고 이미 함께라면 믿어야 한다. 내가 아니면 안 된다는 생각이 독재의 시작이다. 그리고 없어서 안 되는 사람은 없다. 잠시 불편할 뿐이다.

- 좋아하지 않는 것은 피해야 하고, 피하지 못하면 바꾸어야 한다. 바꾸지 못하면 그 일을 받아들이고 받아들이지 못하면 내려놓아야 한다.

3부
삶을 대하는 태도와 목표

무텐위 가는 길

16   역량의 효율적 사용

- 삶에 허락된 시간은 유한하고, 역량을 최대한 발휘할 수 있는 젊은 시절
은 짧다. 모든 일은 나이에 맞지 않게 너무 늦어지면 안 된다. 이렇게 되
면 진정으로 누려야 할 인생의 다른 가치를 놓칠 수 있다.
가능성이 희박한 사업과 일, 공부 등을 무모하게 추진해서 인생의 실타
래가 꼬이면 힘들어진다. 마치 비행기를 타려다가 기차나 버스도 못 타
는 것처럼 되어서는 안 된다는 것이다.

- 시간과 금전을 들인다고 반드시 좋은 결과가 있는 것은 아니다. 때로는
끈기가 더 많은 손실로 이어질 수 있다. 그렇기에 자신의 관심사와 재능
을 파악하고 무언가를 독점적으로 수행해야 성공할 수 있다. 성실과 인
내에 지혜를 더하면 더욱 효율적인 삶이 될 것이다.

바윗길(경도제일폭)

17 삶의 흐름

- 삶이라는 것은 평온한 어린 시절을 포기하며 완전한 어른을 기대한다. 성숙한 지혜를 위해 젊음의 아름다움을 포기해야 하고, 가족의 안정을 위해 달콤한 사랑을 포기해야 한다. 마음과 영혼의 평화를 위해 아름다운 박수를 포기해야 한다.

바위산을 걸으며(수화산)

18   과거, 현재, 미래

- 가장 적은 후회로 과거를 생각하고, 가장 적은 낭비로 현재를 대하며, 가
  장 많은 꿈으로 미래를 맞이해야 한다.

- 지난 잘못은 그저 다음에 참고할 수 있는 경험이라고 생각하자! 물론 큰
  피해를 입거나 입혔을 때는 쉽지 않을 것이다. 하지만 돌이킬 수 없는
  것이라면 짧은 시간에 떨쳐 버려야 하고 현재의 물질이나 시간을 최소
  의 비용으로 쓰면서 최대의 효과를 내야 한다.
  그리고 미래의 삶은 꿈의 크기만큼 폭과 높이가 결정되니 큰 목표를 설
  정해야 한다. 자신과 사회에 긍정적인 영향을 위해!

반려자(당도구장성)

19 운명의 적

- "부자 되세요!"라는 말이 유행한 적이 있다. 경제적으로 여유가 있으면 적지 않은 문제를 해결할 수 있을 뿐만 아니라 삶의 적들도 줄어든다. 그러므로 젊은 시절부터 재테크에 신경을 쓰며 부를 쌓아야 한다.

- "빈곤한 부부는 백사가 어려움이다!" "돈은 귀신도 부릴 수 있다!"라는 말이 있다. 그래서 부유한 집에서는 별일도 아니지만, 빈곤하면 작은 문제도 태산같이 다가온다.

- 옛말에 "개같이 벌어 정승같이 쓴다!"라고 있다. 돈을 버는 것이 고상하지만은 않다!
  갖은 지식과 지혜, 그리고 하고 싶지 않은 일에도 전력을 다해야 한다. 돈은 깨끗하고 품위 있는 곳에만 있는 것이 아니기 때문이다. 부가 쌓이면 사회에 공헌하며 고귀하게 쓰면 된다. 부자가 되는 것은 의무이며, 성공은 관념이다. 그리고 즐거움은 일종의 권력이니 이 모든 것을 누려야 한다.

방목 말(동링산)

20 시대적 판단

- 오늘의 장점은 내일의 추세로 대체되니 추세와 미래를 파악해야 한다.

- 시대가 급변하고 있다. 조선시대에는 수십 년 동안 변한 것이 지금은 1년 만에 바뀔 수 있다. 인류는 생존을 근간으로 살아왔고 그 기본은 환경에 적응하는 것이다. 이에 부적응하는 자는 도태되는 것이 자연의 섭리다.

- 과거에 성공한 이야기는 시간 속에 묻고 현재와 미래의 상황을 파악해야 또 다른 목표에 이르고 그것을 지키는 것도 가능하다. 그러니 새로운 것을 적극적으로 받아들여 시대의 조류에 맞게 배를 띄워야 한다.

백하의 겨울 여인

21 정보의 바른 사용

- 인터넷이 발달한 현대사회는 지식과 정보가 차고 넘친다. 하지만 균형
  적인 생각으로 그 내면에 담긴 의미를 이해해야 한다. 즉 편향되지 않은
  정보를 사실에 근거하여 분석하고 객관화해야 한다. 그렇게 할 때 문제
  를 지혜롭게 해결할 수 있다.

22 삶의 도구

- 지식의 파도를 사용하여 생각의 돛을 추진하고, 지혜의 불꽃을 사용하여 사상의 도화선을 점화한다. 또 낭만적인 열정이 있어야 아름다운 삶을 만들고, 과학의 힘을 사용하여야 비약의 날개를 가질 수 있다.

고산채의 풍경

23   도덕과 배움

- 지적 교육은 도덕 교육의 보조 수단일 뿐이며, 배움은 도덕의 보완책으로만 사용할 수 있다.

- 학문은 마음이 착한 사람에게는 덕과 지혜가 되고, 마음이 나쁜 사람에게는 더 큰 악의 수단으로 된다. 매스컴을 통해 뉴스를 접하다 "저렇게 좋은 머리를 왜 나쁜 곳에 사용하지!" 하며 안타까워할 때가 있다. 모든 교육에 선행되어야 하는 것은 인성교육이다.

- 윤리적이고 도덕적이며 정의로운 생각이 있어야 각자가 가진 재능을 바르게 사용할 수 있다. 젖소는 물을 먹으면 우유를 생산하지만, 뱀은 독을 배출하는 것과 같다.

복 있는 산마을

24   마음의 규율

- 인생의 가장 큰 실패는 오만이고 가장 큰 적은 자신이다. 가장 어리석은 것은 속임수이고 가장 불쌍한 것은 질투다. 가장 큰 실수이면서 가장 나쁜 기질은 낮은 자존감이고 가장 큰 고통은 집착이다.

- 인생에서 제일 큰 굴욕과 위험한 상황은 아첨과 탐욕이다. 가장 골치 아픈 일은 명예와 부를 위한 싸움이고 가장 큰 죄는 자기기만이다.

- 삶의 가장 큰 파산은 절망이고 가장 큰 빚은 은혜의 빚이다. 가장 큰 죄는 살인이고 가장 나쁜 것은 음행이다. 가장 친절한 행동과 행복은 헌신과 내려놓기이다. 가장 큰 위안과 선물은 관대함과 용서다. 건강이야말로 가장 큰 재산이고, 근면은 가장 존경할 만한 것이다.

봄기운을 느끼며(당도구만리장성)

25   유득유실

- 내가 가지려고 하는 것이 무엇인지 알아야 한다. 그것을 가지면 다른 부분은 포기해야 한다. 다 가지려 하면 아무것도 가질 수 없게 된다.

- 배필을 구할 때 외모도 좋고, 경제력도 되고, 성격도 좋은 사람을 원하는 것은 인지상정이다.
  하지만 완벽한 물건과 허물없는 사람은 없다. 물 좋고 정자 좋은 곳을 찾기 어려운 것처럼 한 가지가 좋으면 한 가지는 부족할 수 있다.

- 결국 내가 가장 추구하는 것을 가지면 다른 것은 포기해야 한다. 다 가지려 하면 일을 망칠 수 있다.

봄의 절정(수화산)

26   인생 8가지 보배

1. 두 종류의 사람을 사겨라: 좋은 스승과 유익한 벗.

2. 두 명의 의사를 두어라: 운동과 영양.

3. 두 가지 기술을 연마하라: 타인을 감동시키는 사람 됨과, 다른 사람이
   좋아하는 말하는 능력.

4. 두 가지를 두려워하지 마라: 손해 보는 것과, 고생하는 것.

5. 두 가지 습관을 길러라: 좋은 책 읽기, 강연 듣기.

6. 두 가지 일치됨을 추구하라: 흥미와 직업의 일치, 사랑과 결혼의 일치.

7. 두 가지 비결을 기억하라: 건강 비결은 아침에, 성공 비결은 저녁에 있다.

8. 두 가지 극치를 쟁취하라: 잠재력을 극대화하고, 생명을 극대화하라.

북령산을 향해(서용문간)

27 행복이란!

- 행복한 삶은 매우 단순하고 문턱이 낮다.

- 마음을 아는 친구와 따뜻한 거주지가 있고, 일과 사업이 있으면 된다. 그리고 인류의 영원한 주제이면서 인생을 온전하게 할 수 있는 진실한 사랑이 함께해야 한다.

- 일과 사업의 기본은 근면, 성실, 신용이다. 이를 토대로 과욕과의 싸움에서 진정성과 평정심을 잃지 않아야 한다.

붓걸이산의 겨울(필가산)

4부

대인관계
및 리더십

1   대인관계

1) 미소는 세상 사람들이 가장 좋아하는 것이다.

　- 화려한 옷차림과 멋진 매너보다 진심 어린 미소가 낫다.
　미소는 먹구름을 통과하는 태양과 같아서 따뜻함을 준다.

2) 다른 사람의 이름을 잘 기억하고 존경하라.

　- 각자의 입장에서 이름은 모든 언어 중에서 가장 감미롭고, 듣기 좋고,
　아름다운 소리다.
　상대방을 존경해야 하는 이유는 인간의 가장 깊은 갈망이 '중요한 누
　군가가 되고자 하는 것'이기 때문이다.

3) 가능한 한 논쟁을 피해야 한다.

　- 친구, 연인, 남편, 아내가 논쟁에서 당신을 이기는 것을 허용하라. 이
　것이 세상의 많은 똑똑한 사람들이 부리는 처세의 묘수이다.

비 온 후(동릉산)

4) 자신의 수다만 떨지 말고 진심 어린 칭찬과 감사를 하라.

  - 뛰어난 웅변가도 상황이 다르면 훌륭한 청취자가 되는 경우가 많다.
    그리고 항상 칭찬하고 감사하라. 칭찬받았을 때 대부분의 사람들은
    평소보다 잘한다.

5) 절대로 잔소리꾼, 수다쟁이, 따지는 사람이 되지 마라.

  - 성공이 확실한 사랑을 파괴하기 위해 악마가 고안한 가장 악랄하고
    강력한 수법이다. 이것은 결국 삶에 비극만 가져올 뿐이다.

6) 일을 신나고, 흥미롭고, 자극적이고, 도전적으로 만들어라.
   - 이것은 직원에게 동기를 부여하기 위해 최고의 관리자가 사용하는 가
     장 독창적인 마법의 무기다.

7) 남자들은 사랑의 침식이 작은 곳에서 시작되는 것을 모른다.
   - 많은 여성은 디테일한 것에 집중하는 경향이 있다. 그것은 다름 아닌
     당신의 진심 어린 마음에서 나오는 '고맙다'는 말 한마디다.

8) 배우자를 변화시키기 위해 당신만의 기준을 사용하지 마라.
   -행복하고 만족스러운 가정생활이 당신에게서 멀어진다.

9) 칭찬과 감사로 스위트하게 시작하라.
   - 이것은 타인의 감정을 상하게 하지 않으면서 사람을 변화시키는 훌륭
     한 방법이다. 쓸개즙 한 방울보다 꿀 한 방울로 더 많은 파리를 잡을
     수 있다.

비 온 후 계곡

2   라이벌과의 경쟁

- 성공을 하려면 친구가 필요하고, 더 큰 성공을 하려면 라이벌이 필요하다.

- 경쟁이 있어야 발전이 있다. 라이벌이 있기 때문에, 남에게 지지 않으려
  노력한다. 그래서 때로는 경쟁자나 적이 파트너의 힘보다 클 수 있다.
  누구에게나 타성은 있지만 경쟁의 과정에서 적극적으로 변하고 약점 또
  한 보완된다.

- 경쟁의 장점은 단점보다 크므로 두려워하지 말고 자신의 가치를 높여야
  한다. 경쟁은 사람을 힘들게 한다. 하지만 삶의 가치를 실현시켜 준다.
  경쟁의 순간에는 장점을 최대한 발휘하여 열심히 할 수밖에 없다. 이로
  인해 승리하지 못하더라도 성과가 있게 되는 것이다.

- 경쟁이 있어야 빠른 진전이 있다. 그러나 과다한 경쟁은 두려움과 불안,
  피로를 부르고 격렬한 대적으로 적대감을 일으킨다. 따라서 이성을 유
  지하여 경쟁의 원칙에 부합되게 해야 한다.

산촌고옥

- 경쟁의 본질은 승패이고, 정신은 참가이며, 조건은 평등해야 한다. 또 경쟁의 태도는 곧아야 하며, 경쟁 자체는 개선이어야 하고 과정은 풍부해야 한다.

- 가혹한 경쟁은 사람을 통달하게 하고, 감춰진 진실을 한눈에 볼 수 있게 한다. 게다가 인간의 본성과 삶의 해석에 대해 보다 선(禪)적인 이해를 하게 한다.

- 악의적인 경쟁을 하면 수단 방법을 가리지 않게 되므로 지속적인 혼란과 손실로 이어진다. 당연히 발전과 진보에도 영향을 미친다.

3   다정과 무정

- 무정한 사람은 다른 사람에게 상처를 주고 정이 많은 사람은 자신에게 상처를 준다.

- 감성적인 사람은 다정하고 생각이 많아 이성적인 사람으로부터 상처받기 쉽다. 정이 많은 사람은 사고의 흐름이 촘촘하지만 선이 굵은 일에는 오히려 적합하다. 이성적인 사람은 자기주장과 자아가 강하다. 그러나 일을 할 때는 차분하고 자세하다.

- 민감하고 예민한 사람은 남을 위해 자기 희생을 감수할 수 있다. 그들의 마음은 섬세하여 삶의 모든 원리를 이해할 수 있기 때문에 사람의 감정을 정확하게 돌볼 수 있다. 그러나 자신을 챙기는 것에 소홀히 해서는 안 된다.

- 남의 감정에 아랑곳하지 않는 사람은 이기적이고, 남의 감정을 너무 헤아리는 사람은 자학적이니 각자의 성격에 맞게 보완해야 한다.

산길(수화산)

4   따짐과 상실

- 너무 따지는 것은 족쇄가 되고 지나친 상실은 고통이 된다.

- 매사 지나치게 신경 쓰고 의미를 두면 생활의 즐거움이 줄어든다. 하지만 모든 것을 가볍고 대수롭지 않게 보면 삶이 개운해지고 여유가 생긴다.

- 마음이 좁으면 작은 일도 크게 보여 근심과 번뇌가 많아지고, 마음이 크면 큰 일도 작게 보여 지혜가 많아진다. 즉 염려가 많으면 지혜를 해치고 욕심이 많으면 의를 해친다는 것이다.
  즐거움은 언제나 넓고 후덕한 사람과 함께한다.

산우(대흑봉)

5   진정한 리더

- 진정한 리더는 누가 얼마나 많은 군자를 이끌 것인가가 아니라, 얼마나 많은 소인을 관리할 것인가에 있다.

- 리더로 일하다 보면 비협조적인 사람이 있다. 그 사람만 없으면 마음이 편하고 일도 잘될 것 같다. 하지만 그 사람이 사라지면 또 다른 사람이 마음의 문제아로 부상한다. 이미 자신과 함께 일하는 사람이라면 단점보다 장점을 보아야 한다. 연애할 때는 단점을 보지만 결혼 후에는 장점을 보는 것과 같다.
  부정적인 시각으로만 보면 단점이 더 크게 보여 쓸 만한 인재가 없게 된다.

서설의 고요

6   원한 잊기

- 마음의 크기만큼 삶의 무대도 커진다. 비좁은 마음에 인생을 가두지 말
고 한 걸음 물러나 넓은 생각으로 사물을 대하면 활동 공간이 커진다.
상대는 잊어버린 자질구레한 것에 대한 생각에서 벗어나야 한다. 즉 마
음속에 봄이 있어야 꽃이 피고, 가슴에 바다가 있어야 가슴이 트인다.
쉽지 않지만 본인의 안녕을 위해 노력해야 한다.

선녀탕

7   믿음과 의심

- 사람을 해치는 마음이 있어서는 안 되지만, 사람을 의심하는 마음이 없어서는 안 된다.

- 사람을 의심하지 말아야 한다는 것은 누구나 안다. 하지만 사회가 발전하여 이제는 다양한 사람과 생활해야 한다. 게다가 인터넷이 발달하면서 온라인 거래가 많아졌다. 이로 인해 보이스 피싱범 같은 사기 집단이 생기고, 이런 덫에 걸려 손해를 보는 이가 적지 않다.

- 돈을 쉽게 벌 수 있다는 유혹에 투자하여 손실을 보기도 한다. 이러한 수법이 나날이 교묘해져 보통 사람은 상상도 못 하는 방법을 쓴다. 변화가 빠른 현대사회에서는 금전 및 각종 거래 시 한 번 더 생각해 봐야 한다. 어느 시대나 자신을 보호하고 지키는 것은 중요하다.

산사(양태산)

- 정원에서 양을 믿지 말고 양 떼 목장에서는 늑대를 믿지 않아야 하는 것
  처럼, 적당한 의심으로 좋지 않은 일을 사전에 방지해야 한다.

- 사람들을 속이지 말아야 한다. 내가 속일 수 있는 사람은 모두 나를 믿는
  사람이기 때문이다.

8   이성 성향과 감성 성향

- 상대방이 본인을 대수롭지 않게 생각하는 것이 아니라, 본인이 상대에
대해 너무 비중을 두고 생각하는 것일 수도 있다.

- 사회생활에서 대인관계가 무엇보다 중요하다. 하지만 쉽지 않다. 이는
성격과 생각이 모두 다르기 때문이다. 이성적이고 단순한 사람은 좀 더
깊이 생각하고 배려하는 마음을 키워야 하고, 감성적이고 세심한 성향
은 큰마음으로 생각을 적게 해야 한다.

- 예를 들면 단순한 성격인 사람은 말로 상처를 주고도 그다음 날 "그런 것
가지고 뭘 그래! 그때는 화가 나서 그랬지!" 하며 개의치 않는다. 그렇지
만 감성적이고 세심한 사람은 작은 섭섭함에도 민감할 수 있다. 다르게
말해 EQ가 높으면 남을 즐겁게 하고 IQ가 높으면 자기를 행복하게 한다
는 것이다.

성황당의 겨울

- 그래서 다정한 사람과 그렇지 못한 사람은 서로를 이해하기 힘들다. 특히 위계질서가 없는 부부 사이에서는 더 그렇다. 하지만 각자 자기주장만 하지 말고 상대방 성향을 헤아리고 배려하면 좀 더 쉬울 것이다.

9   생각의 힘

- 학력은 동메달이고, 능력은 은메달이다. 그리고 인맥은 금메달이고 사고력은 왕 메달이다.

- 지금은 학력 인플레이션 시대라 대부분의 젊은이들이 대학을 졸업했다. 하지만 이보다 중요한 것은 일을 해낼 수 있는 역량이다. 그다음 중요한 것은 좋은 인맥이다. 물론 이것은 건강한 인간관계여야 한다. 그렇지 않으면 오히려 피해를 볼 수 있다.

- 가장 중요한 것은 어떤 문제에 대해 사고하는 것이다.
  오너는 샐러리맨에 비해 훨씬 많이 고민한다. 골프를 치든 등산을 가든 항상 생각하며 방법을 찾는다. 같은 샐러리맨이라도 직책에 따라 사고의 폭과 깊이가 다르다.
  결국 일은 생각에서 생기고 노력으로 이루어지고 교만으로 망한다는 것이다. 일을 만드는 것도 생각이고 그것을 성공시키는 것도 생각이다. 그러므로 문제에 대해 고민하고 생각하는 것은 우리의 숙명이다.

소오대산 절경

10 탓하지 않기

- 아무도 옳지 않다면 그것은 당신 잘못이다.

- 우리는 종종 이렇게 말한다. 화를 내는 것은 다른 사람의 실수로써 자신을 징벌하는 것이다. 반대로 자신의 실수로 다른 사람을 처벌해서도 안된다. 그러므로 문제에 부딪혔을 때 원인을 외부에서 찾지 말고 자신에게 있는 것은 아닌지 반성해야 한다.
변비에 걸리기만 하면 지구의 중력을 탓해서는 안 된다.

소오대산

11   의연한 대처

- 세상은 비웃는 자의 손에 있는 것이 아니라, 비웃음과 비판을 이겨 내고
  앞으로 나아가는 자의 손에 있다.

- 남을 미워하면 괴로운 것은 자신이다. 다른 사람을 증오하는 것은 쥐를
  잡기 위해 자신의 집을 불태우는 것과 같다. 그럼에도 쥐가 잡히지 않을
  수도 있다.

- 나를 비웃는 자를 잘 대처하면 나를 강하게 만드는 적에 지나지 않는다.
  그러니 큰 이익을 위해서는 작은 이익에 집착하지 말고 세상을 멀리 내
  다보며 살아야 한다.

수화산을 오르며

5부

사랑과 애정
그리고 결혼

1   진정한 사랑

- 외투보다 추위를 더 잘 막는 사랑이란 무엇일까! 빗속의 산책인가! 마주
하는 미소로 꽃밭을 거니는 것일까! 두 사람이 진심으로 사랑한다면 모
든 것이 로맨틱하다. 단지 서로를 생각하는 것만으로도 낭만적이다. 그
렇지 않으면 달에서 데이트를 해도 로맨틱하지 않다.

- 사랑은 마음에서 자라는 덩굴이다. 그래서 사랑하는 마음은 서로 긴밀
하게 연결되어 있어 말이 필요 없다. 그저 사랑이 요구하는 유일한 선물
인 사랑을 주고받으면 된다.

식물원에서

2 사랑이란!

- 사랑은 겉모습은 변해도 본질은 변하지 않아 나비처럼 날아가는 곳마다 기쁨을 준다. 하지만 달과 같아서 늘어나지 않으면 쇠퇴한다.

- 사랑은 침략 전쟁과 같다. 시간이 지나면 그의 습관은 당신의 습관, 그의 편안함은 당신의 웃음이 된다. 또 그의 슬픔은 당신의 눈물이 되고, 그의 낙담으로 당신이 피폐해질 수 있다. 감미로운 키스 이후, 서로의 입술은 여전히 뜨겁고, 그 후의 나날은 더욱 아름다워질 것이다.

- 사랑의 중요한 특성은 이기심과 소유욕이다. 누군가를 사랑하면 상대방을 자신의 것으로만 생각하고 절대 포기하지 않으려 한다.

- 그러므로 좋아하지만 함께하지 않는 사랑은 애매모호할 뿐이며, 사랑하기 때문에 헤어진다는 말은 어불성설이다.

- 운명과 경쟁할 수 있는 인생의 가장 큰 가치인 사랑을 위해 살아간다면 후회 없는 삶이 될 것이다. 사랑이 없는 삶은 새벽이 없는 긴 밤과 같기 때문이다.

식사(동릉산)

3 연애와 결혼

- 사랑하면 할수록 상대방이 떠나는 것과 득과 실에 대해 생각한다. 이런 불안한 감정으로 밀당을 하며 염려도 한다. 그렇게 연애 관계에서는 다양한 일이 일어난다.

- 하지만 결혼은 한 가지를 가능하게 한다. 그것은 동반자로서 함께하며 안정감을 얻는 것이다.
  불안에서 벗어나 평생을 같이 생활하며 서로 믿고 이해하는 것이 혼인이다.

- 사랑한다는 말보다 더 낭만적인 것은 '함께하는 것'이다.

싱그러움(산사나무)

4   결혼 생활

- 혼자서도 즐거울 수 있지만 그것을 더없는 행복이라고 말할 수 없다. 백
  년가약은 두 마음이 만나 평생 함께하자는 거룩한 믿음이고 약속이다.
  인생의 동반자와 함께 즐기는 것도 좋지만, 무엇보다 폭풍우 속에서도
  인내하고 극복하며 서로를 책임질 수 있는 것이 가장 중요하다.

- 아무리 좋은 사람이라도 동반자가 아니면 지나치는 사람이다. 당신의
  일생에 많은 사랑이 있어도 반려자만이 당신의 결점을 포용하고, 진실
  하게 끝까지 갈 수 있다.

씨링산을 배경으로(동링산)

5   사랑의 감정

- 사랑의 감성은 지혜로움을 막는다.

- 사랑에 빠지면 남녀 모두 냉철함이 줄어든다. 이로 인해 열애 중에는 평소와 다르게 이지적이지 못할 때가 있다. 이성에 젖어 든 감성은 이지와는 상충되기 때문이다. 상대방을 만나면 심장이 빨리 뛰고 서로의 장점만 보인다.

- 세상의 모든 엄마들이 자기 아이가 가장 예뻐 보이고 천재 같아 보이는 것도 같은 맥락이다. 사랑의 감성은 이성적인 판단에 영향을 주기 때문에, 합리적인 결정이 되도록 노력해야 한다.

씨링산을 오르며

6   이성과 감성의 조화

- 즉 감성에 도취되어 있을 때는 이성적인 행동이 요구되고, 지나치게 이
  성적일 때는 감성을 부각시켜 인간적인 면을 보여야 한다.

- 감성은 우리를 더욱 인간답게 하고 합리적인 이성은 우리를 치명상으로
  부터 지켜 준다.
  사람이 잘못을 저지르는 것은 대부분 진실한 감정을 써야 할 때 머리를
  너무 많이 쓰거나, 머리를 써야 할 때는 지나치게 감성적이기 때문이다.

아~! 삼황산

7   적정한 거리

- 친밀한 관계라도 최소한의 거리가 확보되어야 한다.

- 어떤 관계든 어느 정도 거리를 유지하며 겸손하고 배려하는 것이 중요
  하다. 이것은 가족, 친구, 그 외 인연을 맺은 모든 관계에서 필요하다.

- 특히 부부는 어떤 관계보다 친밀하다. 하지만 일정한 거리를 유지하지
  않으면 갈등이 생겨 파탄으로 갈 수 있다. 최소한의 거리를 유지하는 것
  은 성숙한 사랑의 표현이다.

- 고슴도치가 서로의 가시에 찔리지 않으면서도 추위를 막을 수 있는 거
  리를 찾듯이, 우리도 각각의 관계에 맞는 최소한의 거리를 유지해야 한
  다. 상대방이 나와 다름을 인정하며!

아들과 엄마(북링산)

8   결혼 생활 공식

- 결혼은 1+1=2가 아니라 0.5+0.5=1이다.

- 결혼 후 두 사람은 행복한 가정을 이루기 위해 개성의 절반을 지워야 한다.
  결혼 생활은 여러 가지 모순과 갈등이 불가피하며, 100% 맞는 사람도
  없고, 맞는 운명을 타고난 결혼도 없다. 서로 이해하는 법을 배우며 관
  계가 깨지지 않게 발전시켜야 한다.
  그 방법은 각자가 가진 '1'에서 '0.5'씩 양보하는 것이다. 그렇게 하여 두
  사람의 관계가 안정적이고 조화롭게 되는 것이다.

야생화(동링)

9 사랑의 주유소

- 결혼은 사랑의 끝이 아니라 사랑의 주유소이다.

- 결혼하면 마주하게 되는 것은 평범하고 소소한 일상이다. 사랑에 빠진
  다는 설렘 없이도 잘 지내는 것이 관건이다. 서로를 지지하고 존중할 줄
  알면 두 사람의 마음은 자연스럽게 더 가까워진다.

- 결혼 생활은 불과 같아 지속적으로 땔감을 더해야 한다. 그래야만 계속
  탈 수 있다. 누군가를 사랑하려면 항상 그것을 위해 서로 생각하며 신경
  써야 안정적인 생활이 된다.

수묵병풍(삼황산)

- 두 사람은 마음을 따뜻하게 하고 사랑으로 화답해야 조화를 이룰 수 있다. 사랑은 영양분과 물 주기가 필요한 연약한 꽃과 같아 서로 돌보지 않으면 금방 시들어 버린다.

- 한쪽만 기여하고 상대방은 아무것도 하지 않는다면 두 사람은 점차 멀어질 수밖에 없다. 각자 곤경에 처해 세월의 시험을 견디면서도 도와야 한다. 즉 한쪽은 3월의 봄볕을 주고 다른 한쪽은 4월의 복숭아꽃을 주어야 영원한 사랑을 약속할 수 있다.

10　8가지 아름다움

- 인성의 아름다움은 선량함에 있고 사회의 아름다움은 공정에 있다. 가정의 아름다움은 화목에 있고 친구의 아름다움은 신의에 있다.
  남성의 아름다움은 도량에 있고 여성의 아름다움은 정취, 풍도, 운치에 있다. 노인의 아름다움은 순화에 있고 아이의 아름다움은 천진함에 있다.

- 미니 빌딩 화장실 청소를 하는 70대 초반 노인이 있다. 종이 티슈가 휴지통 밖에 있는 것을 보고 갖은 상스러운 욕을 하며 휴지를 주어 통 속으로 내던진다. 속이 바글바글 끓는다. 성질이 바짝 살아 있어 보는 이 마저 안타까워지고 마치 내가 한 것처럼 마음이 불편하다. 나이가 들면 유순해져야 하는데 쉽지 않은 일이다. 하지만 여유로운 마음으로 한 걸음 물러서면 세상은 넓어 보이고 일을 대하는 태도도 달라진다.

양떼(우차령)

- 성격이 과묵하고 외모에도 신경 쓰지 않는 50세 넘는 여직원이 있었다. 어느 날 남편이 교통사고로 다쳤다 해서 병문안을 갔다.

부부의 대화와 행동에는 생각지도 못한 정이 넘친다. 이미 몸에 밴 정은 너무도 자연스럽다. 평소 회사에서의 모습과 달라 그저 놀랄 뿐이다. 그 직원이 다시 보였다. 아무리 돈이 많고 문화 수준이 높아도 가정이 화목하지 않으면 소용없다. 행복의 대부분은 가정에 달렸으니!

부부의 불협화음은 당사자는 물론 자녀와 양가 부모에게도 영향을 미친다. 배려와 사랑으로 화목한 가정을 만들어야 한다. '가화만사성'이라 하지 않는가!

11 가정의 중요성

- 어떤 성공도 가정의 실패를 만회하기 어렵다.

- 부부가 백년해로하는 것은 쉬운 일이 아니다. 아내와 남편의 건강이 받쳐 주어야 하고, 서로 양보하고 배려하는 마음이 있어야 평생 함께할 수 있다. 가부장제도에서는 대부분 여자가 참고 살아왔기 때문에 일생을 함께할 수 있었다. 지금은 시대가 달라져 황혼이혼도 많다.

- 부부가 평생 함께하는 것을 '수양'이라고도 한다. 이토록 쉽지 않으니 교육기관 등을 통해 결혼 생활에 필요한 것을 배워야 한다.
온전한 가정을 유지하는 것은 자녀와 부부에게 좋은 것은 물론이고 건강한 사회를 만드는 기틀이기도 하다.

야생화와 산맥

12 말의 가치

- 가족이 하는 말, 특히 부부간의 말은 귓전에 바람이고, 집 밖의 사람이 하는 말은 금자경이다.

- 어느 날 지인과 등산을 갔다. 하산 길에 어떤 사람이 스틱의 뾰족한 부분이 위로 가도록 배낭에 꽂았다. 그것을 본 동료가 그렇게 꽂으면 다른 사람을 찌를 수도 있으니 뾰족한 부분이 아래로 가게 하라고 말했다. 그 사람은 배낭을 내리고 동료의 말을 따랐다. 그러는 순간 뒤에 오던 아내가 "자기는 내가 말할 때는 안 듣고 꼭 다른 사람이 이야기하니까 듣는다"며 핀잔을 준다. 이와 유사한 일이 각 가정에도 있어 말다툼이 되기도 한다.

- 비슷한 예로 목사 부인이 남편의 설교로는 은혜를 받기 쉽지 않은 것도 같은 맥락이다. 이러한 점을 알고 서로가 가볍게 넘어가면 갈등이 적다. 그리고 이 이치를 알고 있다면 남편 또는 아내의 이야기도 밖에서 들은 것처럼 귀담아 듣자.

얼음 트래킹(용경협)

13 화목한 가정

- 사랑의 비극은 트집에서 오고, 완벽한 혼인 생활은 관용에 있다. 가정은 이치를 따지는 곳이 아니다.

- 사랑에 불이 붙으면 누구나 상대방을 배려하는 마음이 커져서 자신의 생각과 다른 행동도 따지지 않고 넘어간다. 하지만 결혼을 하면 현실적으로 변해, 본인의 생활 방식과 같지 않으면 트집을 잡고 따진다.
예를 들어, 늦은 귀가, 집 안에서의 행동, 가사일, 다른 사람과 함께할 때의 언행, 식생활, 잠자리, 구입한 물건에 대한 것 등 너무도 많다. 이러한 것에 대해 하나씩 짚고 넘어가면 사랑은 비극에 이르고 만다. 명심해야 한다.

- 사랑과 혼인의 기본은 관용이다. 그래야 언제나 온유하고 시기하지 않으며 자기의 이익을 묻지 않는 사랑이 된다. 결혼 생활은 이치를 따지는 것이 아니다. 서로의 생활 방식을 존중하고 배려하며 방법을 찾아가는 것이다.

얼음 협곡

얼음 협곡

14 사랑의 이벤트

- 사랑은 바닥에 가라앉으므로 사랑의 물컵을 자주 흔들어 주어야 한다.

- 부부는 다양한 커플로 이루어져 있다. 둘 다 감성적인 사람(AA), 모두 이성적인 사람(BB), 감성적인 사람과 이성적인 사람(AB)의 형태가 있다. 가장 대표적인 것이 이 3가지 유형이고 본인들에게 맞는 방식으로 생활한다.

- 이성적인 사람은 이벤트도 귀찮아할 수 있다. 애교를 떨고 축하를 해도 반응이 크지 않다. 그저 평소보다 조금 다를 뿐이다. 그리고 이런 것도 자주 하면 힘들어 한다. 성향이 다른 사람이 보면 정말 재미없는 사람이다. 하지만 일을 할 때는 몰입하고 고집스럽게 열심히 한다. 반대로 로맨틱한 사람에 대해 '저런 농담을 왜 하는지! 별것도 아닌 것 가지고 뭐가 저렇게 즐거운지' 하며 생각할 것이다.

에델바이스

- 낭만적인 사람은 농담 한마디 하지 않고 사는 것은 재미없다고 생각한
  다. 마치 윤활유를 치듯 한 번씩 웃고 즐거워야 텐션도 오르고 의욕도 생
  긴다. 이런 부부는 작은 것에도 즐거워하고 이벤트도 많다. 같은 성향이
  라 거울 보는 것같이 식상할 때도 있겠지만!
  이성적인 부부 집안은 상대적으로 조용할 것이다. 말수가 적어 덤덤하
  게 살아가지만 그들만의 또 다른 정이 있다.

- 어떤 유형의 커플이든 매일 함께 생활하면 가끔 이벤트가 필요하다. 본
  인들에게 최적화된 방법으로 단조로움에서 벗어나야 한다.

6부

중요성 신뢰와 인내의

1   신뢰의 인연

- 신뢰가 최고의 인연이다.

- 사람과 사람 사이는 마음에 의지하고, 정과 정 사이에는 진실에 의존한다. 하지만 일생 동안 몇 명이나 우리를 진심으로 대할까! 진심으로 우리를 대하는 사람에게는 무엇이든 맡길 만한 가치가 있다.

  사람의 심장이 하나인 것처럼 한 번의 작은 신용도 매우 중요하다. 결정적일 때 신용을 잃으면 안 된다. 신용의 중요성을 잊지 말고 소중히 여겨야 한다.

옛길(경서고도)

2 신뢰의 가치

- 신뢰감은 한 사람에 대한 가장 높은 평가이며, 가장 높은 단계의 내적 지수이다.

- 모든 대인관계에서 신뢰가 중요한 것은 누구나 알지만, 이를 실행하려면 원칙이 확고해야 한다. 예를 들면 영리한 사람이 겪고 싶어 하지 않는 고생을 하고, 똑똑한 사람이 견딜 수 없을 듯한 고통을 이겨 내야 한다. 그런 후에 비로소 초심에 따른 기준이 생기고 이를 지킬 수 있다.

- 세상에는 똑똑한 사람이 부족한 적은 없다. 단지 믿을 만한 사람이 없었던 것이다.
  참된 신뢰감만이 존경을 받을 수 있고 미래의 길을 넓힐 수 있다. 다시 말해 똑똑한 사람은 빨리 가지만 신뢰가 있는 사람은 멀리 갈 수 있다.

- 호랑이가 날개를 다는 것보다 사람이 딴마음을 먹는 것이 더 두렵다. 그러니 예측 가능한 사고와 행동으로 상대의 뒤통수를 때리지 말아야 한다.

용문간

3   분노와 실패

- 실패의 98%는 '성질' 때문이다.

- 당신이 옳다면 화를 낼 필요가 없고, 당신이 틀렸다면 화를 낼 권리가 없다. 이것이 진정한 지혜이지만 불행히도 대부분의 사람들은 이를 생각하지 않는다.

- 정강현문에 "일순간 참는 것은 백 일 동안 걱정하지 않기 위해서다."라고 한다. 화내기를 좋아하는 사람들은 화낼 이유가 너무나도 많다. 하지만 화를 내지 않는 단 하나의 이유는 '스스로를 힘들게 하지 말자'는 생각 때문이다.

- 언제 어디서나 화를 내며 감정을 제어할 수 없는 사람은 좌절을 겪을 가능성이 크다. 손자의 병법에 "군주는 노하지 말고 군대를 일으켜야 하며, 장수는 좌절하지 말고 전쟁을 해야 한다"고 되어 있다. 아무리 능력이 있어도 화를 자주 내면 합리적인 결정에 방해가 된다.

우차이첸산의 가울

4   화냄

- 화난 사람은 항상 자신을 방어하는 데 소홀하다.

- 인내심과 자기개발이 부족한 사람은 정서적인 불안정에 빠져 다른 사람에 대한 분노로 이어질 수 있다. 일단 분노하면 비합리적으로 행동하기 쉽고 그 피해는 돌이킬 수 없다. 위인도 으르렁대기 시작하면 함정에 빠지기 일보 직전이라는 신호이다.

- 지루한 일에 직면하면 자신의 감정을 제어하고, 상황에 따라 어떤 조치를 취해야 하는지 알아야 한다. 그리고 객관적으로 분석하고 판단하여 감정이 일의 진행에 영향을 미치지 않도록 해야 한다. 모든 것은 인내로 이루어지므로 싸움이나 언쟁하기보다 참는 것이 낫다.

운몽장성 해돋이 하산길

5   훈련과 제련

- 준엄한 제련을 거부하면 광석은 발굴되기 이전보다 가치가 없어진다.

- 일상은 언제나 저항에 부딪힌다. 지난날을 돌이켜 보면 대부분은 본능을 역행하며 지금에 이르렀다.

    누구나 뛰면 걷고 싶고, 걸으면 앉고 싶고, 앉으면 눕고 싶고 또 자고 싶은 게 본성이다. 하지만 무언가를 이루려면 이와 반대로 해야 한다. 가만히 있으면 노동을 하는 것보다 몸은 더 망가지고 병도 생긴다. 마치 고인 물처럼!

- 골프를 칠 때도 헤드업으로 날아가는 공을 보려 하는 것은 당연하다. 하지만 연습을 통해 임팩트 순간에 공을 보고 힘도 빼야 한다. 우리에게 부족한 것은 이상이 아니고 실천이다. 성공은 승리해야 오고, 지혜는 사색으로 생기고, 즐거움 또한 마음으로 체험해야 느낄 수 있다.

운무 속 시링산

- 야망과 끈기로 저항을 극복해야 한다. 통제받지 않는 생활을 하고 있다
  면 스스로 시스템을 만들어야 한다. 직장인도 자신만의 또 다른 규칙으
  로 삶의 밀도를 높여야 한다. 이처럼 아무리 좋은 원자재와 인물도 제련
  되는 것을 싫어한다면 빛나지 않을 것이다.

7부

근면, 성실, 경쟁

(경험과 실천)

1   일의 속성

- 모든 일의 속성은 곤란하고 잘 안 되게 되어 있다.
  하지만 때로는 한 번의 불행이 천 가지 경고보다 나을 때도 있다.

- 세상사 모두 어렵고 힘들다. 이러한 것을 극복해 가는 것이 삶의 여정이
  다. 같은 상황에 있어도 어떤 마음을 가지느냐에 따라 일의 효율과 성패
  가 좌우된다.

- 어려움과 고통은 미가공품에 대한 망치질이므로, 쇠 부스러기를 제거한
  뒤 날카로운 강철로 단조되는 과정이라 할 수 있다.

- 불행을 견디지 못하는 것이 가장 큰 불행이다. 시간은 약자에게 아무런
  보상도 주지 않으니 영원히 문제를 피하지 말아야 한다.

- 그리고 다른 사람이 어떻게 보는가는 중요하지 않다. 본인 스스로를 어떻
  게 보는가가 중요하니 용기와 자신감으로 어려움과 불행에 맞서야 한다.

원경(수화산)

2 안락과 노동

- 안락함은 사람들에게 편안함을 주지만 그 삶이 짧을 수 있고, 일은 힘든
  시간을 주지만 긴 삶을 줄 수 있다.

- 생명이 있는 한 쉼 없이 움직이는 것이 삶이다. 즉 사는 것은 움직이는
  것이므로 영원히 움직이면 영원히 사는 것이다. 장수하는 사람은 쉼 없
  이 일하며 건강을 다진다.
  부지런하면 온갖 재주가 생기고 게으르면 온갖 병이 생기니, 건강과 아
  름다움을 위해 일에 몰입해야 한다.

잠시

3   본질과 기본

- 건강한 것이 아름답고, 적합한 것이 최고이며, 때로는 새로운 것이 매력
  적이다.

  또한 평범한 것이 위대하고, 질기고 강한 것이 오래가고, 진실한 것이 영
  원하다. 인생 여정에 꼭 필요한 사랑도 열정적일 때 불타고, 친구 사이
  도 믿음직한 우정이 있을 때 모일 수 있다. 뜻을 이루고 완성하기 위해
  서는 호방한 감정과 이루고자 하는 마음이 있어야 한다.

장성을 걸으며(무텐위)

4 긍정

- 우리는 자신의 생명을 결정할 수는 없지만 그 폭은 넓힐 수 있다. 외모는 바꿀 수 없지만 미소를 보일 수 있고, 다른 사람은 통제할 수 없지만 자신을 통제할 수 있다. 내일은 예측할 수 없지만 오늘을 파악할 수 있다. 모든 것이 순조롭게 진행될 수는 없겠지만 할 수 있는 모든 것을 할 수 있다. 그러므로 열린 마음으로 긍정적인 일을 추구하자.

장성의 주인장

5   깨달음

- 한 번 좌절하면 생활에 대한 이해가 높아지고, 한 번 실수하면 인생에 대한 깨달음이 한 단계 올라간다. 한 번의 불행과 한 번의 고통으로 가치관이 달라지고 성공에 대한 의미도 남다르게 느껴진다.

- 세상에는 꿈이라는 길고 아름다운 길이 있고, 그곳에 매우 높고 단단한 벽이라는 현실이 있다. 그 벽을 넘는 방법을 견지라 하고 밀어내는 것을 돌파라고 한다.

- 드릴과 같이 확고부동하여 한곳에 집중하는 힘, 즉 정력을 이용해 초심을 잊지 않고 노력하는 것이 신념이다. 이렇게 꿈을 이루기 위해서는 일단 꿈에서 깨어나 현실과 부딪혀야 한다.

저곳을 올라

6　대가

- 우리는 도둑이 고기 먹는 것만 보고 남들에게 구타당하는 것은 보지 못한다. 즉 정신적이든 물질적이든 무언가를 얻기 위해서는 상응하는 대가를 지불해야 한다는 것이다. 하지만 다른 사람의 겉만 보고 '저 사람은 돈이 많아서 좋겠다.', '높은 지위가 있어 부럽다.'라며 좋은 차, 명품 옷, 장신구 등 여러 가지를 구체적으로 부러워한다. 하지만 그 모습의 이면에는 남모르는 어려움이 있다.

- 사회적으로 성공한 사람은 그들의 목표, 즉 성을 얻기 위해 피나는 노력을 했고 지금은 성을 지키느라 밤낮없이 고민한다. '천석꾼 천 가지 걱정 만석꾼 만 가지 걱정'이라 하지 않은가.

저 능선 따라

7   인생의 주인

- 내가 하는 일에 대해 목표를 정립한 후 긍정적이고 희망적인 생각으로
살아간다면 그 자체가 삶의 의미다. 결국 밝고 바른 마음가짐은 좋은 기
회를 만든다. 삶의 목표가 없는 사람은 목표가 있는 사람을 위해 일해야
한다. 본인 생각대로 박진감 있게 살면서 자기 인생의 주인이 되어 보자.

저 산을 넘어야(구아산)

8   근면 성실

- 게으름은 녹이 쓰는 것과 같아 열심히 일하는 것보다 몸을 더 망친다. 부지런한 사람은 게으른 사람이 될 수 있지만, 게으른 사람은 잠만 자는 병자가 된다. 무슨 일이든 자꾸만 해야 일 머리가 생긴다.

- 지혜가 부족하기보다는 노력이 부족하여 실패하는 경우가 많다. 분투하고 노력하면 없던 지혜도 생기지만 힘써 일하지 않으면 있던 지혜도 사라진다. 즉 노동은 지혜를 낳고 실천은 참된 지식을 만든다는 것이다.

- '곤란'은 대개의 경우 게으름의 딸이고, 지금 힘든 것은 나태한 삶의 대가인 경우가 많다.
  문명이 발달하여 좋은 도구가 나와도 그것을 활용하여 부지런히 일하지 않으면 성과를 낼 수 없다.
  단지 근면의 대상과 형태가 다를 뿐이니 쉬지 않고 일하며 살아 있음을 증명해야 한다.
  돈을 가장 적게 쓰면서 즐겁고 가치 있게 시간을 보내는 방법은 일을 하는 것이다.

절벽의 순백(관재산)

9   지식, 지혜, 진리

- 들은 것은 지식이고, 깨달은 것은 지혜이며, 이를 바탕으로 실천한 것은 진리다.

- 60대 중반인 사업파트너가 먼 곳까지 가서 강의를 듣고 정말 좋았다고 한다. 무슨 내용인가 들어 보니 성공하기 위해서는 "견지해야 한다!"라고 했단다. 그리고 그 말에 크게 감명받았다고 했다. 강의를 듣고 지금까지 '지식'으로만 머물렀던 '견지, 인내'라는 단어를 깨달아 지혜가 된 것이다.

- 국회에서 대정부 질문을 할 때 한 의원이 총리에게 물었다. "대통령께서 제조업이 중요하다는 것을 이제야 알았습니까!"라고 하니 총리가 답하길 "이제 알아서 이제 말하겠습니까!"라고 했다. 예상하지 못한 답변에 질문한 국회의원은 말문이 막혔지만, 이것도 총리의 말처럼 대통령이 이제서야 안 것이 아니고 그 시기에 중요하다는 것을 깨달은 것이다.

정상이 바로 저기

- 깨달음을 토대로 실천한다면 그 경험은 진리가 된다. 부뚜막의 소금도
  집어넣어야 짠 것처럼 좋은 지식과 지혜를 바탕으로 실천하면 가치 있
  는 것을 만들 수 있다. 일만 개의 '영'이 일이 될 수 없고, 만 번의 공상이
  한 번의 실천을 당할 수 없는 것처럼!

8부

사회
생활

1   합리적인 요구와 불합리한 요구

- 합리적인 요구는 훈련이고, 불합리한 요구는 시련이다.

- 문제를 해결하는 것은 불합리한 요구인 시련에 응하는 것이다.
  즉 시장과 고객은 불합리한 요구를 하므로 논리에만 의지하는 보고서에
  오래 묻혀 있으면 안 된다.

조망(양태산)

2 문제 해결

- 문제 해결 방법은 다양하지만 가장 좋은 것은 현장에서 찾는 것이다. 책
  상에서 오래 만지작거리지 말고 시장에 내놓고 실천하면 시장이 합리적
  인 방안을 제시할 것이다.

- 언제나 해결 방법이 문제보다 많다. 하지만 기대하는 결과를 얻으려면
  객관적인 외부 세계의 법칙과 일치된 생각으로 진행해야 한다. 그렇지
  않으면 실패한다.

- 그리고 기존의 규범을 고수하며 사방팔방 안정적이기를 바라거나, 우유
  부단하며 주눅이 드는 것은 기업가의 기질이 아니다. 지옥으로 통하는
  비겁함과 졸렬함을 버리고 천국으로 통하는 용기와 진정성으로 실천해
  야 한다.

청량한 가을

3   사회 원리

삶에 나타나는 원리 몇 개를 소개한다. 이것들은 단순하지만 깊은 의미가
있다.

- 하나: 상처에 눈물을 떨어뜨리면 소금을 뿌리는 것과 같아 아픔만 초래
  한다. 그러므로 상처를 받았을 때 가장 시급한 것은 빨리 치료하는 것이
  며 오래 슬퍼해서는 안 된다. 슬퍼한다고 상처가 저절로 낫지 않을뿐더
  러 상처를 준 원인이 그 고통을 거두어 가지도 않는다.

- 둘: 사람은 너무 모나거나 너무 매끄러워서는 안 된다.
  자고로 우리는 중용의 도를 강조한다. 전자는 사람을 찌르기 쉽고, 후자
  는 사람들이 신뢰할 수 없다고 느낀다. 달이 차면 기울고 물이 차면 넘
  치니 절제됨이 사람을 대하는 최고의 기준이다.

- 셋: 만약 하늘에서 공짜 떡이 떨어지면 땅에는 함정이 기다리고 있다.
  세상에 공짜 점심이 없듯이 공짜로 얻을 수 있는 것은 가난뿐이다. 삶의
  모든 것을 대할 때 진실을 기반으로 노력해야 한다.

잠망경(당도구장성)

- 넷: 연꽃이 피는 연못에 첫날에는 연꽃이 조금 피고, 둘째 날에는 두 배로, 그다음 날에는 전날의 두 배로 피고 30일째가 되면 연못 전체에 핀다고 가정하면 며칠이 되어야 연못의 반에 필까?

15일일까? 아니다. 29일이다. 즉, 끝으로 갈수록 더 중요하다는 것이다. 인생의 끝에서 싸우는 것은 운과 영리함이 아니라 인내이다.

'100리를 간다면 그 반은 90리이다'라는 말이 있는데 이 역시 연꽃이 피는 것과 같다. 성공에 가까울수록 더 어렵고 더 인내해야 한다. 이처럼 질적인 도약을 위해서는 먼저 양적인 축적이 되어야 한다.

세상의 모든 것은 우연히 이루어지지 않는다.

- 다섯: 사랑이라는 것은 비바람은 견디지만 평범함을 견디지 못한다. 우정은 평범함은 견디지만 비바람을 견디지 못한다.

사랑은 삶의 필수품이므로 정성을 다해 관리해야 한다. 그런 노력으로 우리는 가장 아름다운 사랑과 가장 좋은 우정을 가질 수 있다.

4   세태

- 개는 방귀를 따르고 사람은 정세를 따른다.

- 조직적으로 일을 하기 위해서는 따르는 무리가 있어야 한다. 개인이 아무리 잘나도 혼자서 일을 진행하는 것은 어렵다. 제갈량 한 사람보다 갖바치 세 사람이 낫다는 말도 있다.
회사 내 최소 조직장인 팀장도 팀원이 없으면 업무처리가 어렵고, 또 그 팀원이 같은 방향을 바라볼 때 효율적으로 일할 수 있다.

- 사람은 영민하여 어떤 쪽을 따라야 하는지 안다. 하지만 정세에 맞지 않는 줄을 타면 어려움이 따른다. 시대를 거슬러 움직이지 말고 시대에 따라 지혜롭게 계획하고 판단해야 한다.

- 베팅을 잘하면 한 번 이기고 사람을 잘 따르면 세상을 이긴다는 말이 있다. 나쁜 사람보다 더 무서운 것은 좋은 척하는 자이니 주의해서 생활해야 한다.

초원의 가을

5   중용적 계산

- 계산을 안 해서도 안 되고, 모든 것을 계산해서도 안 된다.

- 누군가와 일할 때 먼저 상대방의 인품과 성품 등 사람 됨을 알아야 나중
  에 후회하지 않는다. 일을 대할 때는 사전에 연구와 구상을 하고 물러설
  수 있는 퇴로를 충분히 마련해야 한다.
  또 자세히 분석하여 찌꺼기는 버리고 정수만 취해야 불패의 지위에 설 수
  있다. 이것이 바로 사람들과 어울리면서 계산하지 않을 수 없는 이유다.

- 이와 다르게 일 처리할 때 모든 사람을 최악으로 생각하고 예단한다면,
  조력자와 친구가 없어 외롭고 힘들다. 믿어야 할 때는 믿어야 한다. 그래
  야만 사회와 환경에 쉽게 융화되며 타인의 신뢰와 존경을 받을 수 있다.

- 그리고 하늘이 주는 때(天時)와 지리적 이점(地利), 인화(人和) 등을 통
  하여 자신의 업을 성취해야 한다. 이것이 모든 것을 계산해서도 안 된다
  는 이치다.

초원의 행복

6   망각과 미소

- 쉽게 잊어버릴 수 있다면 그것은 생활의 기술이고, 언제나 미소를 지을
  수 있는 것은 생활의 예술이다.

- 사회생활에서 가장 어려운 점은 인간관계다. 성격이 천차만별인 사람들
  이 목표를 위해 고군분투한다. 아주 작은 것부터 큰 문제까지 의견 차이
  가 있고 이로 인해 갈등이 생기기도 한다. 하지만 피할 방법이 없다. 가
  장 좋은 것은 잊어버리는 것이다. 잊기 어렵다면 마음에서 내려놓아야
  한다. 마치 아무 일도 없었던 것처럼!

- 그리고 미소를 잃지 않아야 한다. 우리는 눈물을 흘리다가 억지웃음을
  짓고 나면 기분이 전환되는 것을 알 수 있다. 웃음은 얼굴의 전등이다.
  웃으면 갑자기 눈이 밝아지고 입술 사이의 치아가 반짝인다.

추경과 산우(삼황산)

7   도덕과 현명

- 사람이 진정으로 도덕적이지 않다면, 진정으로 현명할 수 없다.

- 영리함과 지혜는 아주 다른 것이다. 영리하고 슬기로운 사람은 자신의
  이익을 신중하게 고려하는 사람이고, 지혜롭고 현명한 사람은 다른 사
  람의 이익을 고려하는 사람이다.

- 도덕은 종종 지혜의 결함을 채울 수 있지만 지혜는 도덕의 결함을 결코
  채울 수 없다.
  정직은 '지혜서'의 첫 장이므로 도덕과 윤리를 기준으로 생활하면 평온
  하게 살 수 있다.

폐선과 등산객

8   지혜와 상식

- 창조는 지혜에 의지하고, 처세는 상식에 의존한다. 지혜가 없는 상식은 용속하고, 상식이 없는 지혜는 서투르다고 한다.

  지혜는 모든 힘 중에서 가장 강력하며 의식적으로 살아 있는 힘이다. 인간의 지혜는 위대한 이론을 연구하는 데서 오는 것이 아니라, 평범한 것들을 관찰하는 데서 온다. 처세 또한 근간을 같이한다.

- 문제를 해결할 때 학문적으로 푸는 것도 좋지만, 상식에 근거하여 처리해도 좋다. 하지만 이러한 상식도 평범함에서 오는 지혜를 떠나지 말아야 한다.

- 생각과 생각이 부딪치면 무수한 불꽃이 일어난다. 그러니 매사에 심사숙고하여 지혜롭게 생활하되 겸손이라는 테두리를 두르면 더욱 빛난다는 것을 염두에 두자.

폭포(백천산)

9 대수롭지 않게

- 따지는 것이 너무 많으면 족쇄가 되고, 상실이 너무 길어지면 고통이 된다.

- 매사를 문제로 삼고 마음에 두면 즐거움이 줄어들고, 모든 것을 대수롭지 않게 보면 마음이 편안해진다. 사회생활, 부모 자식 간, 친구, 부부지간에도 너무 따지면 안 된다. 이것이 파탄의 주범이다. 적당한 선에서 넘어가야 한다. 잘잘못과 시비를 명확히 따져 끝장 보려 하지 말자. 여러 번 끝장 보려 하다가 모든 관계가 끝장날 수 있다.

- 말꼬리 잡기, 지나간 일 소환해서 따지기, 말 안 하려고 하는 사람 돌려세워 따지기 등을 자제해야 한다. 그리고 생활하면서 큰 문제가 아니면 너무 의미를 두지 말자. 그렇지 않으면 모든 일상이 눈에 거슬려 짜증이 난다. 어차피 자신이 모든 사람을 통제할 수는 없다.

- 즐거운 인생을 위해 매사 민감하게 대하지 말고 너그럽고 후덕한 마음으로 생활하자. 그리고 마음에 상실감이 있다면 빠른 시간 내에 털어 버리자.

하산길(연화산)

10 인재의 배치

- 원숭이에게 나무를 주고 호랑이에게 산을 준다.

- 인재를 효율적으로 쓰기 위해 적재적소에 적당한 사람을 배치해야 한다. 순환제 보직은 적성을 찾기 위한 시간으로 충분하다. 각자 재능에 맞는 자리에 배치하여 전문가로 육성해야 한다.
본인에게 맞는 일을 하면 프로가 되지만 그렇지 않으면 정점에 도달하기 어렵다.

하신길

11 능력과 충성도

- 유혹하는 매력이 많다면 품위보다 그것을 사용해야 할 것이다.

- 다른 유혹의 도구가 때로는 품위보다 효과가 있다는 것이다. 이처럼 다른 길로 갈 수 있는 능력이 부족하기 때문에 충성한다. 반대로 조건이 갖추어지면 얼마든지 떠난다. 기본적으로 만물은 자신을 우선시하므로 상황에 따라서는 충견도 주인을 물 수 있다. 그러니까 이 부분은 사용자의 몫이다.

해거름(석문산)

12 복의 흐름

- 멀리 볼 때 복은 거짓과 과장이 없고 표리여일한 사람을 더 좋아한다. 일반적으로 영리한 사람보다는 후덕한 사람을, 따지는 사람보다 솔직하고 성실한 사람을 선호한다. 또 강한 자보다 온화하고 선량한 사람이 호의를 받는다. 강하지 않고 영리하지 않다고 도태되는 것은 아니다.

행열(삼황산) 5도

13 약점

- 늑대는 사냥꾼을 가장 두려워하고 박쥐는 햇볕을 가장 두려워한다.

- 싸움에는 상대의 약점을 파고드는 것이 가장 승산이 있다. 상대가 강할
  때는 더 담대하게, 꾀가 많으면 더 지혜롭게 행동해야 한다. 무조건 열
  심히 하는 것은 에너지만 낭비한다.

- 다시 말해 때와 장소, 대상에 따라 맞는 방법을 써야 한다. 호랑이를 잡
  으려면 담력이 있어야 하고, 원숭이를 잡으려면 지혜가 있어야 한다는
  것이다.

협곡으로(호허)

14 성공의 부작용

- 성공의 부작용은 과거에 성공한 방법을 미래에도 적용하려는 것이다.

- 시간이 흐르면 생활 습관과 관념이 바뀐다. 조선시대에는 부모가 세상을 뜨면 3년 시묘살이를 했다. 지금은 이해하기 어렵지만 그때는 이것을 목숨처럼 여겼다.

  비즈니스와 일상생활도 지난 시절 성공했던 방식을 현재 또는 미래에 적용한다면 계절에 맞지 않는 옷을 입는 것과 같다.

  결정권자는 열린 사고로 시대의 흐름을 파악해야 한다. 직원이 능력이 있다고 하더라도 윗사람 의견에 반하는 말을 하기 어려울 때가 있기 때문이다.

호기심(북링)

15   독립과 자립

- 경제적으로 독립하지 못하면 자존심을 지키지 못하고, 사고가 독립되지
  못하면 자주적이지 못하다. 인격적으로 독립하지 못하면 자신감이 결여
  된다.

- 삶은 생존을 전제로 한다. 이를 위해 때로는 목숨을 걸기도 하고, 하고
  싶을 것을 참기도 한다. 돈이 없으면 자존심은 생각할 수 없다. 그래서
  샐러리맨에게 출근할 때 자존심은 두고 가라 한다.
  하지만 돈이 있으면 재량권도 커지고 더 많은 자유도 누릴 수 있다. 옛말
  에 가난이 문으로 들어오면 사랑은 창문으로 나간다고 한다.

- 우리는 개인과 가족을 위해 젊을 때부터 경제적인 부분에 힘써야 한다.
  금전적으로 안정이 되면 여유로운 사고와 인격적인 성숙도 기대할 수
  있기 때문이다.

황금 초원(우차령)

16   도량

- 화를 자주 내고 부정적인 언어를 내뱉는 사람은 마음이 좋아도 좋은 사람이 아니다.

- 한 사람의 쾌락은 '가진 것이 얼마나 많은가'에 있지 않고, '따지는 것이 얼마나 적은가'에 있다. 스트레스를 적게 받기 위해서는 도량이 넓어야 한다. 그렇지 않으면 작은 일에도 민감해져 화가 난다.
  이렇게 다양하고 복잡한 사회에서 사람 관계를 원만하게 하는 방법은 넓은 마음을 가지는 것이다.

- 까칠하게 굴면 별것 아닌 일에도 기분이 상한다. 다른 사람을 좋게 말하고 존중하는 것은 처세의 기본이고, 긍정적인 말은 좋은 에너지를 만드는 토양이다.

후성적벽

17   화복

- 사람이 선하면 복은 오지 않아도 화는 멀리 있고, 사람이 악하면 화는 오지 않아도 복은 멀리 있다.

- 선을 행하는 사람은 봄 정원의 풀과 같아, 자라는 것이 보이지 않지만 나날이 푸르러 간다. 그에 반해 악을 행하는 자는 칼을 가는 숫돌과 같아, 닳는 것이 보이지 않지만 조금씩 손해를 본다. 즉, 천재는 피할 수 있어도 자신이 만든 재난은 피하기 어렵다는 것이다.

- 선한 일에 반드시 행복이 오는 것은 아니지만 악의 끝은 분명히 좋지 않다. 이렇게 화가 오지 않는 것도 복을 받고 있는 것과 다름없다. (끝)

흑백의 정열

추억모음